一以清风
伴明月

俞赛琼 著

中国书籍出版社
China Book Press

图书在版编目（CIP）数据

且以清风伴明月 / 俞赛琼著.
-- 北京：中国书籍出版社，2022.11
ISBN 978-7-5068-9260-5

Ⅰ. ①且… Ⅱ. ①俞… Ⅲ. ①散文集—中国—当代
Ⅳ. ① I267

中国版本图书馆 CIP 数据核字（2022）第 206897 号

且以清风伴明月

俞赛琼　著

责任编辑	王志刚
责任印制	孙马飞　马　芝
封面设计	陈亚红
出版发行	中国书籍出版社
地　　址	北京市丰台区三路居路 97 号（邮编：100073）
电　　话	（010）52257143（总编室）　（010）52257153（发行部）
电子邮箱	chinabp@vip.sina.com
经　　销	全国新华书店
印　　刷	廊坊市长岭印务有限公司
开　　本	710 毫米 ×1000 毫米　1/16
字　　数	250 千字
印　　张	17.5
版　　次	2022 年 11 月第 1 版　2022 年 11 月第 1 次印刷
书　　号	ISBN 978-7-5068-9260-5
定　　价	58.00 元

版权所有　翻印必究

自　序

是何时与文字亲近的呢？求学时代的一本本日记，比赛获奖的大红证书，还是专属于那个年代的洋洋信件。转而踏上工作岗位，发言稿、策划案、新闻报道、教学随笔、学术论文……皆为任务驱动，唯语文课上读给孩子们听的所谓范文写得乐在其中。林林总总，生命里间或夹杂些飘来的稿费。

开个人公众号"闲客散人"是在乙未年暑假，初只为分享西行之长串见闻。不曾想，便在这块自留地里闲散耕作，慢慢悠悠，十数万字。唯存己，鲜投稿。壬寅年，因着机缘，选文百篇整理结集。定名《且以清风伴明月》，是过往，是当下，也是前路。

书分"朗月""听风""林迹""拂尘""疏影"五个部分。"朗月"是至亲，是挚友，是恩师，是抚我、育我的乡民，是清朗的自己，是那些在我生命里熠熠的人和事。"听风"是他乡，是异地，是万里路上亲触大地之书的些许证悟。"林迹"是草木，是虫鱼，是人在自然怀抱里的吐纳呼吸。"拂尘"是幽微，是重组，是生命内观外展自我修复的点滴真实。最后，"疏影"里有歌，有曲，有书，有影，算是掠过他人湖心的点点波痕。

"微"有时难触，"宏"更是难企，"结"与"解"间，三分自立，七分并肩与扶持。书成之际，尤谢吾师台北书院院长林谷芳老师以"文学，是一条回家的路"一句为荐，实是正中心音。

十字路口，大雄峰上，深知还有太多文字无法到达的地方，直待我的生命先行抵达。

　　无论如何，诚愿这本用时间煮起的小书似清茶，佐风，佐月，偶尔还有一个对饮的你。

壬寅年乙酉月

目录

朗月

雪夜，一只锅里，两弯汤　　　　　002
做根葱吧，长成春天的模样　　　　005
魔　童　　　　　　　　　　　　　007
桃花，潭水，深千尺　　　　　　　011
叶子，孩子　　　　　　　　　　　014
看戏文　　　　　　　　　　　　　016
不　染　　　　　　　　　　　　　020
扁舟满载月明归　　　　　　　　　022
懂你，欢喜　　　　　　　　　　　024
缘　起　　　　　　　　　　　　　027
十月初八，小雪　　　　　　　　　031
那时候　　　　　　　　　　　　　034
礼　物　　　　　　　　　　　　　036
圆　满　　　　　　　　　　　　　038
老　屋　　　　　　　　　　　　　040
来　处　　　　　　　　　　　　　042

听风

初　见　　　　　　　　　　　　　046

听　雨	049
一音成佛·尺八	051
时光：重庆	053
关于北京	056
西藏，离天最近的地方	060
远一程，再远一程	068
西　行	077
一曲摩梭归何处	090
老　街	092
有一个地方叫芹川	095
浮光掠影——金陵	097
山　韵	100
离雨　遇和风	102
铿然　一棵树	107

林迹

如木，如人	110
看，雪中有人迹	112
她们都该有名字	114
说"配"	116
我们的日子风吹过	119
致青春	121
雨夜的清越里，一声和啼	123
一桩丢箱子的公案	125
开在盛夏的紫藤萝	127
雪，别至	129
木　木	131

山　茶	133
少　年	135
草木人间	137
一只红嘴蓝鹊飞过	139
你今天最好看	142
六月栀子情	144
一眼千年·念	145
那里，有我们呀	146
如此，又是一日	148
春	151
山河万年　我在人间	154

梯座

感谢生命中那些给你"煎熬"的人和事	158
安安稳稳走你的路	160
把情歌当情歌听	162
冷与热	164
不重，不轻	167
让金黄变得金黄	169
清白之年	171
安	173
歌声金色，笑甜甜	175
囝里有痛，有坚毅	177
清　明	180
生命，合适始见安然	182
车辆左转弯请注意安全	184
我们一起过节吧	186

她摇摇头说不，可她心里说对	188
蒙尘随记	190
落梅又纷乱	192
自　救	194
等等，别再等等	196
寂	199
好久不见	200
杂　感	202
自此，寻你去心底，一寻一个"鸣"……	204
寒雨，安	208
自固　被固	210
醒着睡	212
关于永远，我们不会再提及	214
寄　雨	216
无　题	218
杂	220
时　间	222
归　处	223

疏影

且以清风伴明月	228
一本发了疯的书和一个疯了的读者	230
从红楼说起	235
平凡的一天	238
寂寂　绮丽的回廊	240
脸庞，村庄，瓦尔达	243
云飞山顶成沧海，云消山色依然在	246

目录

生而为人	248
素履之往	251
从前慢	253
"狐"说三生三世	256
有一种大过生命的东西叫"爱情"	258
遇　见	260
我在踏雪九里，等你	262
天　心	265

后记

朗月

雪夜，一只锅里，两弯汤

全世界都在聊雪的日子里，一切与"暖"相关的词都显得格外亲切：炉子、热汤、被窝、恋人的臂膀……

朋友说，属于你的这场雪下得太久了，是时候在大冷天里让自己暖和起来了，不然呢？

于是，火锅，走起。

"想吃什么？"

"你爱吃啥就点啥。"

"我点的毛肚、鸭肠、黄喉你又不吃。"

"毛肚是胃，鸭肠是肠，可那黄喉又是什么？""大血管。"

"咦——！我不吃。"

"吃辣吗？""不吃。"

于是，一人一边，她那里刀光剑影，风生水起；我这边浮叶温吞，清汤一弯。但那又怎样？一切相安。故事就从这一"锅"两制里开始……

我不会吃，也不太会做吃的；她会吃，还很会做吃的。

年节里备两桌菜招待客人是我厨艺的极限。她呢，只要你见过、想过，吃到过的，没有什么能难得倒她。舒芙蕾松饼、芝士面包、风琴土豆、风车披萨、肉松小贝、热狗玉子烧……这还只是早餐，对，是部分早餐！

于是，我又想起，这段时间但凡我说懒得动的时候她都会不顾刮风下雨扛上她的厨具往我家厨房钻，就像这一刻，腾腾的雾气钻进了我眼里。

也许是屋外冷得过分，火锅店里的热忱加速发酵，高浓度里，她"醉"得八只脚聊天（手舞足蹈），话语翻飞。从十八岁初恋讲到中年人寻常日子里的小打小闹，从直接经验讲到间接经验，再从自己的事讲到身边人的事，一堆一堆，一段一段，全是证悟。

我喜欢她一本正经里的胡说八道，喜欢她一地苞米里掺杂的闪光"金牙"，可她总说我是个粗人不太会说话，长得小女子，说话是汉子。

"跟你说个正经事？"

"说。"

"听说过一句'全世界的男人都死光了，也不嫁给你'没？""嗯。"（不知道她又要出什么幺蛾子了。）

"我不这么想。"

"啊？"

"那你怎么想？"

"你看哦，如果全世界真的只有一个男人了，我是无论如何都会爱上他的。"

"啊？"我愣了两秒后全然不顾形象地拍桌爆笑起来。

十几秒后，对面还是一脸正经。"你看哦，当你在茫茫人海把注意力集中到一个人身上时，不管这个人有多糟糕，总还是有什么值得你去理解，去肯定的吧？那你在寻找自己的另一半时，不就是全世界的男人都死光了，而你只在他身上不停地找你能够接受的东西吗？只是多少而已不是吗？""是啊，有道理的。"我边笑边狠狠地点头。很多时候，"粗人"的话其实很细很细，就像碎而馥郁的咖啡豆。

每个人来到世间，踏上的其实都是一条"寻亲"之路。

可终其一生寻的到底又是什么呢？与智慧匹配的知识，与身体匹配的技能，与心灵匹配的伴侣，与大自然匹配的吐纳呼吸……

"寻"就是"修"的一个漫长过程。不同的时间，不同的空间，在敲敲打打，磕磕碰碰里学会坚强，在忽高忽低、忽左忽右里学会中正，在残酷里学会仁慈，在寒凉里学会温润，在太多太多的苦难里学会悲悯。

雪夜，一只锅里，两弯汤，这就是人生。

朗月

做根葱吧，长成春天的模样

　　外婆总说，给蹒跚学步时候的我喂饭是件高难度的事，决计不能在原地，再者还不是什么都肯吃。于是，喂一顿得以村口小卖部为起点绕小塘埠好几圈，边绕边指着香樟树上的小鸟儿说：喏喏喏——鸟儿嘴巴张开啦，啊——顺势"唆"的一口，找准时机是关键。

　　这类事儿啊外婆说了很多年，也不知说了多少遍，我呢，每听一次每听一次都还觉得新鲜，画面嫩汪汪的。

　　许是这般宠溺，饮食王国里的小主可肆无忌惮啦。不好看的不吃，太难闻的不碰，没有尝试就嫌弃，还不许食物喊冤。说来也许不信，十岁上下小主甚至对所有绿颜色的蔬菜来了个过滤。

　　后来啊，父母绞尽脑汁终以零花钱诱之，妥协了菜叶子，菜梗仍是坚决不从的。"什么理由呢？"多少人问。"不喜欢啊！"就这么回答。

　　那些难闻的呢？之前会吃所有菇，唯独香菇，现今也学会了。会吃全部绿色的了，连芹菜都会了，青椒嘛还在努力中。哦，对了，还有韭菜、大蒜、葱！绿色的，还有"怪味儿"，如今这些曾经被双重否定的也都一一学会了。

　　提到葱，身边不会吃的也不在少数。汤包里、豆浆里、包子里若要一一拣出那可真是个精细活，但不爱吃的人大多就愿意那么干，一星半点儿不妥协，决计挑出个势不两立来。若说高频出镜又屡遭嫌弃——打一食物，非"葱"莫属。

葱的地位由来不高，各大菜场看似江山稳固却也还是个"添头"。你不嫌我不弃，大家客客气气。还有厉害似国骂的一句：你算哪根葱？那气焰，嚣张至极，葱呢？随你骂！一片坦然。倒是许多自以为比葱强的人活活气死。

葱叶中通外直似莲茎，一身清白，叶表蜡质不染尘，根根挺拔，哪一点不如别人了？不奉不迎，兀自生长着呢。

闲时，我还真认真查过，有多少前人为葱正名，寥寥。葱呢？无人歌咏又怎样？依旧活得有味儿又坚强。

就这样，日子瘦长瘦长的，那位昔日的小主最终拥有了打破魔咒的力量，那些堆积的过往啊，亦如青葱般去了又长，最终长成了春天的模样。

春妆（俞赛琼摄）

朗月

魔 童

魔童是昵称，是大人世界全然不同的无邪与天真。

几年前，魔童妈妈与家人春游，魔童亦想亲鉴美景，刚到贵门（本地地名），一家人又火急火燎地折回，随即，魔童出世，差一点名唤"贵生"。

年过完，魔童的幼儿园生活就要进入最后一学期了，在亲昵的姑姑面前，魔童说话仍满是奶味，可口、香甜。

晚安要说30遍

魔童还未学会穿衣前，醒来都是"大喇叭"叫爷爷的，偶有不应还会挂上几粒泪珠子。自打有了那句傲气的"我自己会穿"，撇开正反前后不论，魔童的活动算是接轨5G了。

假日在家，姑姑偶尔赖床，魔童起床的第一件事便是迈着小短腿从二楼呼哧呼哧到三楼，然后以每天似乎崭新的形象做着同样的事："突然"推门——大声呼叫"嬢嬢，起床啦"——卷窗帘——将团子一样的身体滚到床上。倘若此时姑姑还懒得理他，他便启动最后大招——掀被子。如此这般，人物关系稳定，剧情稳定。

年前，许是"叫起"玩久了，魔童移情睡前。无论各自洗漱后有没有道过晚安，上床之前必会再进房间确认一番。"晚安"要说三十遍，这是魔童最近的壮举。

三十遍晚安是带花儿的。有时是语气语调上的变化，眯起小眼，摇晃脑袋。有时是一遍一个飞吻，飞得接收之人浑身都是，来不及抖落。更甚者拉上爸妈一起比心："一、二、三，晚安！"

三十年后啊，姑姑心里的晚安一定还是够用的，愿那时的魔童，心里的晚安，仍重。

有鱼吗

江南多山水，滋养的生命亦多几分灵动。

狗刨式"飞鱼转身"是姑姑的童年，见水走不动道儿的是童年的魔童。

"有鱼吗？"万分期待的语气。

"有鱼吗？"逢水一问，但凡身边的人一说有，他便立马黏上那人扛起鱼兜往外拱。

"大中午的热不热？""不热，只是去看看嘛！"

"小坑里的鱼太小，让它们长长再带回家！"

"不是，里面还有一条鱼王呢！"魔童郑重其事。鱼王？呃，其实不及他小指的三分之一。

家里的专用桶里，石斑鱼、小鳊鱼、虾米、泥鳅、螺蛳……桌上盒子里是喂了小半年的螃蟹，桌底长盆泥堆里还有只冬眠的乌龟，春来了，小蝌蚪们也很快会搬进家来……

"有鱼吗？"

每遇河流，魔童的世界里便只有欢腾。欢腾有多重？喏，称称那一堆堆用小手搬回来的"溪滩玉石"便是了。

朗月

春天来了，"百脚衍"也来了

春天有花是你。

春天有小蝌蚪是魔童。

车过江滨，玉兰樱李，扑面斑斓，姑姑跟爷爷、奶奶都指着窗外试图唤起魔童对大自然的万般赞美。

"啊！春天来了——"姑姑用标准的语音兼颂扬的语气打头，"春天——来了——"再来一遍，魔童终于接腔："百脚衍出来了！"爷爷奶奶爆笑，姑姑紧握方向盘的双手略抖。

魔童嘴里的"百脚衍"别名"千脚虫"，又叫"百节虫"。一个闷热的午后，魔童亲眼见识过野外渠沿边的百节虫大军。那情形，头皮发麻的是"什么都懂"的大人，觉得这般生命与蝴蝶无异的，是魔童。

"春天来了，那么多那么多花不漂亮吗？"姑姑还不死心。"百脚衍来了！"魔童继续为他的春天添画着重重的一笔。"百脚衍"什么颜色呢？五彩斑斓的吧？我想是。

今天是蜡烛的生日

过生日的仪式感家里从来都有，擅长吃蛋糕的魔童是主动负责记家人生日的，妈妈过后奶奶，奶奶过后爸爸，爸爸过后是自己，自己过后是姑姑……一个不落。选蛋糕的事也是魔童的，从最早的佩奇到后来的变形金刚，再到奥特曼和各种生肖玩具，谁的生日都是魔童的生日。

一日，魔童对着上个生日还未用完的三根礼烛念念有词：马上就是我的生日了，还要几天，嗯，今天，是蜡烛的生日，祝你生日快乐！

"蜡烛的生日？""祝你（蜡烛）生日快乐？"是呀，蜡烛只忙着给别人过生日，蜡烛可不也有自己的生日？而知道这个且为蜡烛过生日的，却只魔童。一旁的姑姑很是惭愧。

一张纸、一滴水、一根蜡烛都是魔童眼里的你我，而我们眼中的你我又是什么呢？

岁月之于我们，是获得？是失去？想来是失去太多，乏味至极了的。那一刻，我为成为那样的你我而深感不安。

当达成"游戏目标"变成人生的目的，当生活变成目标之间的间隙，那便是"捞鱼"变成"鱼"的悲哀了。而当我把这些又想过一遍的那日，便也是我的生日了。

〔后记〕

古人九雅：寻幽、酌酒、抚琴、莳花、焚香、品茗、听雨、赏雪、候月。时间可以是刀，亦可以是艺术。

"生活不是奔向远方，而是停在一个能让自己熬停的某处。"找到那个属于你的某处吧！生命、本心、教育、成长的近义词是魔童。

朗月

桃花，潭水，深千尺

万头攒动火树银花之处不必找我。如欲相见，我在各种悲喜交集处，能做的只是长途跋涉的归真返璞。

——木心

人，一旦到了回首山已远的年纪，对于想见的人想做的事自然也会变得更果断些。2019年的第一天，我把自己交给了夙愿。

记忆里，学生时代是平静、安宁的。

闭上眼是张张模糊又清晰的脸：教我查字典的黄，带我上舞台的屠，让我爱上历史的张，影响我人生道路的舒，还有那让小树苗肆意狂长的师范时光。听酒过三巡呱呱油嘴的老黄讲悠然南山，看按一按顿一顿的书法老陈撩仅剩的几根秀发，琴房里1-3-5，1-3-5的重复，操场上潇潇洒洒的形体……从先秦诸子到奥林匹斯山上的普罗米修斯，从大数小数到艾宾浩斯杜威皮亚杰。

这么些年过去了，几十门学科齐拔开考的期末后味竟沉淀得恁般美妙，想想都能开出花儿来。

深潭

老魏姓魏，是师范初年的班主任。

人深，不止眼镜。

一口铿锵的方普（方言普通话），一句句在理的话语，尤爱听他上课。上知天文下知地理的人物原型能在他凑近书本才能看清的翻书动作里落地。

　　什么古希腊、古罗马的神话故事，什么春夏秋冬的星空图案，什么石英、火山岩、沉积岩、砾岩都是通过他的讲述一笔一笔珍藏进笔记里的。看断层、察冰臼，一起伐枝取道找潭源……以至往后人生里，每每看天看地看山看水都能想起。想起那裹着被子集体看狮子座流星雨的激扬，想起那科考队员般凿山鉴石的自带光芒。

　　多年后，如果说我对自然和生命有那么一点点尊重和热爱的话，都源自老魏的深潭。

十里桃花

　　"十里桃花"是师范正门穿堂里的一幅画，也是我的美术老师林逊发。水乡桃乡长大的人很难逃脱烟雨江南里的一片红，那画于我就是正经学堂美学世界里的"惊鸿第一瞥"，是诗。尽管在此之前线条、明暗、构图这样的词汇都早已造访。

　　学国画得"铺"。铺笔、铺墨、铺纸、铺人生。前三铺在学画之初就深有感触，后一铺则更多是经年之后的悟。半张宣纸埋头苦干磨了好几天的作业得到老师的肯定自是欣喜，但归为优质作业后成品有去无回便就要夸张地喊上几天"呜呼哀哉"了，这般后宫"选秀"似的长短纠结，迄今"耿耿"。然哀号声里是凭谁都能听出的几丝得意。

　　写生、创作，老师钟情山水，师古却不泥古。他说最生动的艺术就是捕捉最有灵魂的生活。所以，江南的水乡，越地的街巷是他的画，更是他的生活。他的笔下有粉墙黛瓦、河边人家，埠头鱼市，桥下浮鸭。最是那几十年如一日的记录，留下了家乡的每一寸变化。

　　当多年未见的我们惴惴地踏进他的留云斋时，他也许早已记不真切我们的名和姓，但话头一起，似乎便又回到了邈远的二十年前：

一样的目光，一样的专注，一样的热情，一样的真。岁月把眼前这位杖朝之年的长者洗练得更加澄澈，案上的墨香依旧，深情的勉励依旧。

有人说，人心过于集中，容易产生极致的幸福和痛苦。林老师定是属于前者的。多年后，如果说我还能从林老师身上学到些什么，那便是从"铺"到"扑"了。深深地扑向自己喜欢的事，再沉沉地坚持。

曲曲折折，从老师水乡庭院式的画室里出来，我始终想着老师的那句"现在的人都变了"的感慨。其实，古人今事，今人古事，人又在何时何地真正变过呢？祖先几千年前就建立的相处模式，思考模式，建筑模式……不一直都在？光与影也始终平行。

2019年第一天，桃花，潭水，深千尺，得先生们一句：循道而行，持恒之！

林逊发老师题字赠画册（俞赛琼摄）

叶子，孩子

第二片叶子

立冬，晚餐虾仁炒饭，量多，与侄儿分食，5岁的娃比我能吃。为了表现，小子巴巴地问"要不要再帮我解决一点"，边说边加速耙碗。"解决"一词是他刚刚学会的，去年坐同一茶几边吃饭时，还"嫌弃"过那张几十公分高的小椅（他的专座），"我长大了，已经不适合我了"，那说着"适合"一词的正经模样，我们都笑翻。

饭毕，齐坐，小家伙咬耳朵说要送我礼物，一只手偷摸伸进口袋。我很期待，也充满预设，但"钢、直"的成年人又怎么回得去丰饶又富有弹性的孩童世界呢？

一片叶子！

确切地说，是一片"坑坑洼洼"的枯树叶！它安逸地躺在那只小手的怀里。肉手的小主人还将我拽低轻柔地贴耳：孃孃，你喜欢么？

孩子的心呐真是"从世外带来的，不是经过这世间的造作的"。

"喜欢。"我用同样的姿势捧了过来，并用同样的说话方式应了他俩字。

那一刻，漫画里的两张脸该是眉眼弯弯对弯弯的。枯叶？全世界！

第一片叶子

叶子，侄儿送的是今秋收到的第二片。第一片，是自己奔突着舞来的。那晚，路灯初启，与友闲聊陌生街头，兴起抬手，推演过多少次都不可能有的默契，半空里一张羞红了脸的叶子不偏不倚。那是成人世界里最孩子气的见面方式，简单的华丽，整个秋天，让人难以自已。

我是拥有过整个秋天的人呢，我喃喃自喜。

其实，冬夏、春秋，我的、你的，我们懂得了区分的那一刻就有了悲喜，历完一生再也回不到孩提。那些我们花很多年努力习得的东西，让我们渐渐忘记，日子天天，有爱有惊喜。

是谁定义的好坏难易？又是谁在埋头奔行把心留在了梦里？

那些说着"我有石头，海浪你过来吧""泥巴是小鸟的巧克力"的孩子们，不是什么事都有目的；不分什么人能有所图。无为，无别呢。

朋友啊，日子在丰子恺的画里，孩子该住在你我的心里……

看戏文

"晚上大祠堂里做戏文,我们全部都去看吧!"进门屁股还没沾凳老妈就迫不及待地对着我大打广告。那嘴巴咧到耳朵根的笑意和她那只打着石膏挂在脖子上的手显得极不相配。不过倒也算消除了些我对她跌跤摔断手的担心。

老妈嘴里的大祠堂,在我读小学那会儿就已经改成了电影院。作为"跨世纪接班人"的我经常会被拉起队伍到几个人口较为密集的村子里穿巷喊口号(影院周围是常去的地界),喊的什么早已不记得了,可当初那正义凛然的样子却是终生难忘的。

不光是绕着影院游街,那时学校组织我们看的电影也有不少。唯一忘不了的是《新龙门客栈》里曹公公(剧中大反派)被刁不遇(客栈屠夫)的快刀剐得手脚剩骨的画面。那是一个害我童年里无数次噩梦的镜头,感慨的是我们的电影迄今为止仍没有实行分级制度。胡乱想着,单就老少皆宜这一点来说,戏文就比电影强多了。那才子佳人、花前月下;惩恶扬善、万事团圆的场景是每一个乡亲心底最美好的愿景。

十三岁之前,我就一直生活在这样一个温润的江南小镇——越剧的诞生地嵊州市苍岩。那会子,戏台上演的,电视里地区台放的,邻居大妈干活时嘴里哼的……连门前小溪的哗哗声都是带着同一个味道的。

一百多年过去了,那的的笃笃的声响从施家岙的几个乡民手上传出，从"落地唱书"到"小歌班"，再到如今的中国第二大剧种——越剧，之所以"终有回响"，是因为总有那么一方乡土之上的人儿"念念不忘"啊！

就像今天，七点钟开场的演出，六点钟我就被老妈拉到了现场。还美其名曰"你也喜欢看的嘛！"是呢，像我这样的年纪喜欢看戏的在别的地界儿少见，在苍岩可就不新鲜了。"那也不代表我乐意看这些'杂拢班子'的演出呀！"我看着台上"村嫂文艺晚会"几个大字有些哭笑不得。

戏台搭在村后一片大水泥地上，一边靠着老旧不用的电影院，一边挨着村里新建的文化礼堂。搭台的还在最后调试灯光，台下忠粉们已有不少坐定的。我随着老妈窜到了礼堂的化妆间，定睛一看，即使在浓浓的戏妆下，也没有认不出来的脸。那个鬓角插花、扮相痞气的"王老虎"是我幼儿班的老师，那一身黑衣仆人装扮的是老妈的好友芳芳，那俏丽的小姐模样分明是隔壁童装店的阿姨嘛！再一看，桌上的演出单上居然还有老妈的名字。瞬间明白她六点钟就要急着赶来的原因了。如果没有那一摔，今晚上妆开唱的还有我这个准戏迷老妈呢！只见折了手的她忙里忙外张罗着，而原本跟她配戏的搭档今天晚上的任务据说已快速调整为"收拉幕布"了。

快开场那会儿，我还在后台遇到了那个早已退休却还一直被人喊着"小俞老师"的胡琴担当。他与我们家有几十年的交情了。人好，琴也好。他说："年纪大了，手酸拉不长了，可就是喜欢放不下呀！苍岩人看戏人多秩序好，每演完一场还会使劲拍手呢！在农村，看个戏文还能这样拍手叫好的，也就我们这里了！……"对着很久没见的我他似乎还有好多话说，最后打断我们的，是收拢注意的"头场"锣鼓声。

这会儿工夫，当我再回过头去看台下，妈呀！偌大一块空地已几无缝隙。乌压压一片少说得有两三百人。

从姿势上看：有坐着的，有站着的，有蹲着的，还有那挂在自家窗台上的……

从位置上看：中间摆开阵杖端坐凳子上的往往是"自村人"和他们的亲眷（在苍岩，戏到哪儿村民为亲友"包吃包坐"的服务就到哪儿）。贴着"核心"站着的一圈是稍远一些的乡民，为了能让看戏的位置变得更好拼了命地往中间挨，见有凳子尚空个座时还可以麻溜的歇个脚。外围的是更远地界儿赶来的人，轮不上好位置，就在自家电瓶车、三轮车上落个脚，跷个二郎腿，打个盘坐什么的，偶尔还可站起来高人一等呢！那最外围的就是些插不进针，只得利用有利地形（如隆起的沙堆、远处半高的围墙）的人了。

从对戏的钟爱程度看，里层的往往是铁粉，老人居多，不到戏结绝不散场；中层的是忠粉，中年人居多，随时都能与台上应和几句，外加几句地道中肯的点评。外层的是陪父母来的"被浸泡者"，年轻人居多，三五好友，看戏闲聊两不耽误。而那最外层的就是用本地话讲"夹闹热场"的，全是小孩儿，不为看戏，只为疯玩。

所有的看戏人中，最引人注目的就要数自村的主妇们了。她们是最晚到场的，围裙都还没摘就匆匆地往自家放凳处挺进，大有上自留地里掰玉米的架势。前后排的人呢？则会笑呵呵地调侃几句并缩紧了身子放行。不为别的，就为那一路的煎鱼味儿，散发着主人家满满的热情。

就这样，二十个节目，台前幕后全是本镇乡民。有年轻时跟过戏班的，有退休后在家自练身法的，还有那老婆在演老公忙着帮抬道具的。《法场祭夫》《浪迹天涯》《王老虎抢亲》《焚稿》《山河恋》《桑园访妻》等一段段耳熟能详的戏悉数登场。有为尹派小生叫好的，有被戚派花旦唱哭的。三个小时，还时不时地会有管音响的村民没有及时关音，甩袖时旦角头上的珠钗剐落在地，有几个重要的唱腔发挥不好跑调等插曲……可这一切都似乎不足以影响到大家看戏文的兴致。晚上十点，临近散场那会儿，除了闹腾点的外围没了声响，其他乡民基本都在。其间，因夜风渐冷，我多次催促衣着单薄的老妈提前回家，无奈被拽到一处人堆里后她挂着笑脸说："这里好多了，再看会儿。"直到最后，台上唱的什么其实早已没有了关系，剩下的只有那个微冷的夜里翻滚在这片土地深处的汹涌热潮……

回家的路上，寂静的小巷因戏迷手中点唱机里传来的"林妹妹，今日是天上人间第一桩称心如意的事啊……"而变得格外深远，身旁的老妈还在不停地问我："怎么样？还好吧，全是我们自己人呢！唱得挺好吧？外村人都在说我们唱得好呢，接下来我们要开始排《五女拜寿》了，10月1号要在镇上的礼堂里演呢……"此时此刻，我不得不说，今晚，是我见过的最棒的一次演出！无关专业！

第二天离家时，老爸拉我到边上悄悄说：为了昨天的演出我跟你老妈还大吵了一顿呢，她居然说一只手折了没关系，穿着戏服看不出，何况还有另一只手可以做呢，坚持要去唱，我狠狠骂了她一通她才打消念头的……

到这儿我终于明白：

原来，有些故事在路上，所以有人要去追逐远方。

有些故事在心上，所以也有人在原地茁壮成长。

看戏文（俞赛琼摄）

不　染

　　昨夜一梦，小雨轻风落楝花。清晨，出门瑟瑟，雨柱连连啄榴花。意境啊，何止隔一池青莲。

　　虽如此，雨是向来不厌的。雨声，洗心。

　　听说令和元年里村上春树发了篇长文，面对两国过往，他这样写道："我们只是落向广袤大地的众多雨滴中，那无名的一滴。一滴雨水有其历史，有着作为一滴雨水继承那段历史的责任。我们不能忘记这一点。"世界是喧嚣的，的确。但雨声却不，即使雨再大。

　　雨是清醒的。"令和"一出，我们看到竭力摆脱他国古籍的一方，我们又看到力证看似摆脱又确实没有的一方。国与国，就像人与人，交汇融合，束缚与挣脱。

　　雨，急密。脑中又蹦出近日身边的高频词：中美贸易战。旧词新事，经济、屯粮什么的于我向来不很亲近，但问题应该是牵一发动国运的。肯定不会简单到只需喊个口号伸伸腿。蓝色星球的某些角落，生而为人，无以为家的多多少，我们在江南的热雨里学着醒。

　　其实，提笔是想写写昨晚的，昨晚无雨。

　　一群优秀的孩子，一场洋溢着青春的诗会。新，是五四，是蓬勃、是生命力。

　　在那叠不薄不厚的日子里，我参加过许多活动，也做过许多次活动的评委。翻翻刨刨，在众多的"不合时宜"里确乎也能拾掇出一方青春来。

朗月

第一次登台，据说是邻居家的八仙桌，魔性的舞步身条胖嘟嘟。幼儿园起上台的机会就多，对舞蹈的兴趣则是小学参加县里的文艺汇演留下的。荷绿踏脚裤，桃粉竖纹蝙蝠衫，一扎飞天的马尾，一朵大红花，至今仍记得舞台上那种"自此绝尘"的感觉。

再大点，离家去了稍远处上中学。班级合唱比赛做指挥，服装是个大问题，随意不行，隆重又不具备条件，找人借吧，想到了当时眼里顶顶时髦的赵老师。作为她的嫡亲课代表张口还不算太难，颜色是黑白的吗？记不清了。注意力全在那一步裙和高跟鞋上了，怎么上的台？反正全场就剩两只高跟鞋了。那需要极度自信又极度不自信的一刻，全身每一个细胞都在打架，终于唱完，我，是蹭下台的……

翻滚的青春又来到了偏远的茭白绿浪里，那会儿，我嫩，孩子们更嫩。除了语文还要兼教音乐，还得管"十里八乡"的文艺汇演。每逢镇上排节目，选材、排练、音效、舞美、服装、道具都不带伴的，"栋梁"感十足。十来个女孩儿，妆也自己来，唯一的一张存照许是孩子们这辈子都不想见到的，那腮红，那红唇，那蜡笔小新似的眉毛，太朴、太拙。

自己登台的时候也是。

那年一曲似是而非的古典舞不知道自己是怎么撑下来的，反正嫦娥人设的服装是自己买材料找人做的，审美这回事也是会被逼急的。如今看来，材质依然像窗帘，造型依然很天真，仗着的就只有青春了。

后来啊，比赛还是很多，舞台和年纪都在疯长……

见识了各个维度的空间，明白了世界的立体，黑白间有灰。

当年是舞台选的人，现在是人选的舞台，无论如何，孤朗朗、赤裸裸、活泼泼的东西都还在，感恩，我还是我想要的我。

雨一直在，心不曾染。

扁舟满载月明归

　　月色很美，是与三岁小娃一起看的。小娃张大嘴巴仰着头：
　　"干吗呢？月亮掉嘴巴里的。"
　　"我把它接住呀。"
　　"那天上没有月亮了怎么办？"
　　"修好它，让它回家呀。"
　　原来童话故事《公主的月亮》便在这般夜色里铺展开来的。路过公园：
　　"向日葵睡觉了，我们也回家去吧？"
　　"晚安呀向日葵！可是她没有被子怎么睡觉？"
　　"她有叶子呀！"
　　"是不是这样睡的？"娃儿蜷下身子，两只小手蒙住双眼。
　　月光下，他还在喋喋：水是在哪里睡觉的呀；我们有一首歌叫"谢谢你，因为有你，温暖了四季……"一路上，我遇到了收起叶子入眠的紫苏，想着今年的栀子，精瘦……
　　今年的雨季，我去的城市里没有雨。及归，山城的风云里早已没有了"牡丹"的身影。消息是亚在电话那头说的，话机空置数秒，芜杂的情绪继而蔓延。
　　认识老袁很多年了，是不近不远的四季关系。一起吃过饺子呷过鸭，聊过无数花，喝过许多茶。还记得第一次见面，我叫他袁老师，他客气地回叫一声：俞老师。这个"老师"泛滥的年代，将其与"先生"一词等重许是我对"人"字大写的一份"执"。

袁老师有先生的风骨，私以为不是"主席（县作家协会主席）"这样的称呼能随便代替，而他也在有一天大抵终于觉着我不是那么无趣。于是，抗议着让我把"老师"改成了"老袁"。

老袁出书，正儿八经送了我一本。题好字，盖过章的书是活的。我说我会好好学习，他说"无可学，纯属不是玩意儿"因不名东西，老袁的书取名《南北》，低调又睿智。

散文的灵性定是因着作者的有趣魂灵的，老袁的文字真实、不做作，是生命认真淌过的痕迹。那是见过很多人，遇过很多事，读过很多书的文字。娓娓，寂寂。

多年前，刚入作家协会那会儿，我还真把自个儿当作家般向老袁投过几次稿，他给的意见简明、中肯，之后断断续续写，可就是再未轻易投过稿，总觉着未至究竟。稚嫩虽是一个可以自我合理化的必经过程，但也总期望着这样的过程不要太长且不必袒露给更多人。

于是，一直写，且只写不投似乎也成了一种习惯。再后来，公众号里的文字垒多了，关注者徐涨，老袁每次也都读得仔细，作为《天姥山》的资深编辑他已催过很多次稿了。"给你搞个专栏重点推出"，我听着惝惝。不被光阴笑话的期冀里，我们都活得努力，不为所迫，不为所惑。

他说蟠龙山居之后又找了处喝茶的地儿；

他说政协会客厅一应俱全可以坐坐了；

他说好久没有畅聊了什么时候约

……

在我忙着拼凑好盛夏的假日模样时，那位约茶的先生却已乘清风明月而去了。

存在的意义在于一个生命之于其他生命的意义。布谷声中春逝去，梨花烈雨转头，不送吧，就像从未相迎。

扁舟满载月明归。影影绰绰的人生里，有一缕淡淡，是你。

懂你，欢喜

生命，是遇到一个又一个的匹配魂灵，在一次又一次的彼此滋养里完成的一场修行。

不精音律，只学生时代学过点皮毛的乐理。若有人问：众乐器里，最爱哪样？我会毫不犹豫地告诉他：埙。

我不会吹埙，也从未执着地深入，可就是欢喜得紧。

也许，是因为那一声声远古的乐音里，蕴藏着人类文明之初的精神密码；抑或是因为那声音里透着生命本身的孤独感；还是，那茫茫天地一人而立的画面感。都是。它是一种精神的独处，这便是我心底的埙了。

若再有人问我：选个组合呢？我一样会不加思索地告之：洞箫加古琴。

九千年的骨笛，七千年的埙，五千年的古琴，是人心。

那一箫一琴的合鸣里，有着时空的悠远，有着生之交缠的韵味。细细想来，喜欢原是因为每每声起，总能叩击魂灵，直抵生命最本真处。

同窗老友朱炜好古琴，经年累月厮磨，早已琴心一处。他也爱画，泼墨间胸有丘壑。当然，音画本就无异，皆是心之轨迹。正因为爱，所以才有了几十年如一日，乐此不疲。

人都说，长江文明清奇，黄河文明雄浑。生于江南，想着江南与古琴自是般配的。若要让我为埙找一处契合之地，脑海里闪现的便是大西北了。只是，想归想，却还真未料到有一天能遇上……

认识李建侯老师是在恩师安排的一场特殊聚会上。是先看到埙，再看到人的。道家的样貌佛家的心。一手漂亮的吉他加一首首用心的生命吟唱，全程在彼此打坐的姿态中进行。那一刻，完全忽略了眼前有位歌者，只觉着一种难得契合的倾听与诉说。就像一位认识了多年的好友，在交织中时光缓慢地流淌。

相隔千里，两个从未谋面原也不会有任何交集的生命，就在那一刻的因缘际会下相遇了。自此，我知道了"低眉抚琴歌声咽""夜夜的晚夕梦里见"。听见了"草木一生"里的悲悯，也见到了"黄昏，九月"里的修行。于是，那座叫兰州的城市，于我也叫做了李建侯。

也许很多年以后，江南小城的某一个夜晚，我依然会想起：西北的一个秋日里，我的身边坐过一位歌者，我们彼此聊过，又自然地分离。

本自孤独的生命里，因懂你，而欢喜。

李建侯老师遥赠作品

听松（朱炜赠）

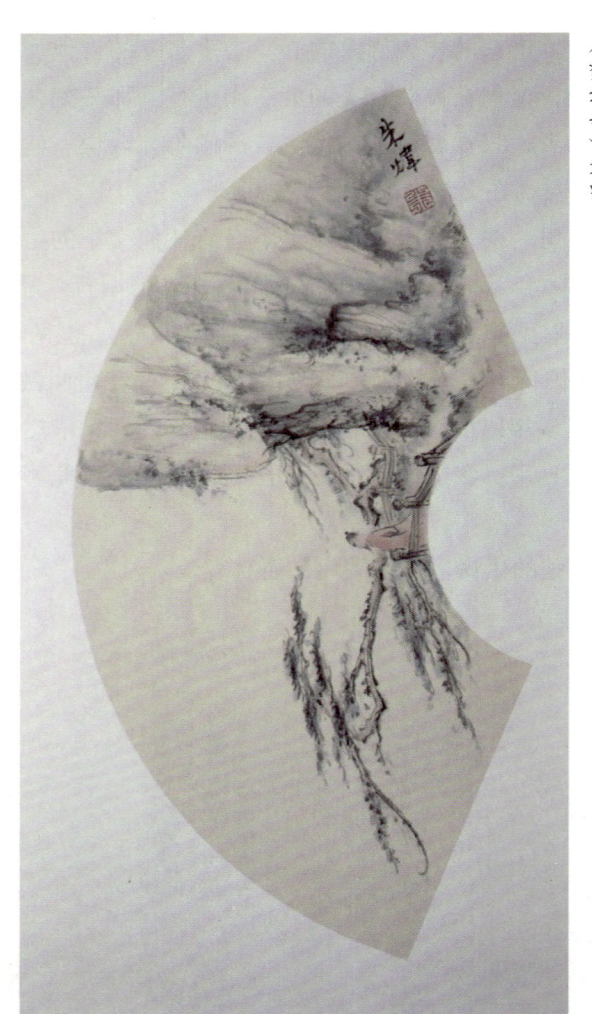

缘 起

看林谷芳老师的书陆续已有数年，从最初的《如实生活如是禅》到《十年来去》，从《千峰映月》到《画禅》《茶禅》，从《落花寻僧去》到《春深子规啼》……无论是"路逢剑客须呈剑，不是诗人莫献诗"，还是"有时直上孤峰顶，月下披云笑一声"，句句抵心。

这么多年，见过根深底厚的学科专家，人品贵重；有过仰视的墨客文人，独抒性灵；身边也有不少的文人雅士，亦师亦友。却还从未遇到过一个如此开合跳脱，出入无碍的生命，也从未见过一个音乐家谈及"文化"一词有如此之见地、气魄和实然的观照。无须言说，只需一立，白衣白发，孤朗清明。

音乐家、文化评论人、台北书院山长、佛光大学教授……老师放在首位的词还是"禅者"。在此之前我理解的"禅"是"坐、定、参"，认识老师之后，"禅"之一字于我由远景变成了近景，甚而还有了景深。

"世人逐物，最怕孤独，只有冠盖满身，才能找到些许自信，当你什么也不是，什么都没有时，你又如何？本自具足，不假外援，所以繁华落尽，孤朗乃成本事。"老师的这段话在我生命突遇困顿之际，尤以为药。

如此，文字里的呼应，空间里的交叠已然良久，然真正没有想到的是数月前竟有了围坐耳提的缘起，生活果自成奇。

初见老师，急于近前急于表达，又惶惶只一回便死于句下。课听得认真，记得勤奋，又无奈狗刨遇大海，淹没在一刹那。面对这般高阶的生命样态，时时有感自身的浅而微。那份孤峰顶上功夫是几十年修来，那般十字路口的勘验是一个禅者的智慧与实然。知与行，说与做，高度合一。只一字：真。你可以透过这冬夏一衲的白色身影对应到书里的所有表达。

慢慢聆听

　　听老师的课，人是肯定不够用的，身与心都是，七旬之人连讲数小时无碍，精气神都在塔尖。但即便如此亦醍醐灌顶，受益匪浅。

　　谈诗，老师讲"一鸟不鸣山更幽"的万古长空，也谈"鸟鸣山更幽"的一朝风月。讲世间情极浓之元稹亦能吟出的"卷舒莲叶终难湿，去住云心一种闲"，也讲张九成如厕时开悟的"春天月夜一声蛙，撞破乾坤共一家"。讲"掬水月在手，弄香花满衣"，也讲"两头俱截断，一剑倚天寒"。

　　谈画，从八大《游鱼图》的不立一尘到东坡《枯木怪石图》的无法为法，从《野凫图》的独在到《双鹊大石图》的跃动，从仙崖义梵的《想要月亮赶快摘》到林十江的《双鳗图》，达摩、布袋、寒山拾得、蒙娜丽莎……从文人诗文人画到禅诗禅画，出入自如，了了分明。

　　艺术是将涣散的生命聚焦，而林老师的存在则是将"涣散"的艺术文化聚焦。上下内外，通而达。

深深思索

　　谈及文化，老师的话更是一语见天。

佛教因何能入？唐朝缘何气象大观？宋过度言夷夏之辨，宋儒援佛入儒以辟佛。洞悉儒家与中国气象文化的根柢关系，直击儒家的当代性危机，也可活泼泼地谈梅派经典剧目《霸王别姬》里霸王形象的何其不佳。

面对时下之乱象，老师警醒：文化，没有族内的关怀和族外的观照就不会做到如实。历史中的中国文化从来不曾纯粹，谈中国文化不能只谈儒家，谈儒家不能只谈宋之后。以人间性为基底，以表意汉字为载体，以儒释道三家互摄为内涵的中国文化，缺谈任何一边都不实。

正是有了儒的应然，道的实然，释的超自然，才会有家国的凝聚力，生命的色彩性，还有那彼岸世界的接引。

老师常说：禅不是啜饮一杯午后的香甜咖啡，禅是不经一番寒彻骨，哪得梅花扑鼻香。有剑客的本质。禅不是生活的趣味，不是空谈的哲理，禅者的生命安顿与生活体践在老师身上有着清晰的印现。

庙堂礼乐，一年听一次无比庄严，一月听一次比较庄严，一个礼拜一次死板，一天一次撞墙而死。这是老师的禅。

寒微要欣赏世家，世家要敬重寒微。不慕不卑，自家因果自家担，干我何事？这是老师的禅。

能不做的绝不做，做不了的千万不要做，别人能做的让给别人做，推不掉的再如实谦卑地来做。割舍，智慧，结缘，承担。金屑虽贵，入眼成翳。这是老师的禅。

禅是实证。没有缘起就没有对错，有应对才叫参，有参才会有悟。

那日聊及感谢那些撕扯过我生命的人时，朋友说人家都把你摁在地上来回摩擦了还谢，你心太大。用老师的话应：腾腾任运，岂知这不会又是另一个啐啄之机呢？

亲眼所见，亲耳所闻，得遇这个兼具先秦六朝唐的生命是何其有幸，只管听，只管听，只管听……

"最伟大的艺术是以生命直接完成的艺术。"老师就是。

蜀山之王·贡嘎（俞赛琼摄）

朗月

十月初八，小雪

　　有无数个念头如梦般吹起又破裂，有无数个开始永寻不到终点。路一半，书几页，嗟叹，小雪日寻暖。

　　打小就混外婆家，一早便知道那儿有个热闹的"香主"庙，为啥"香"？因为这家庙里的菩萨比别家的都漂亮。怎么"漂亮"了？喏，一头漂亮珠子，一身漂亮衣服，"是戏文台上的正宫娘娘"你说香不香？香不香？

　　那会儿，五六岁、七八岁的女孩顶顶心仪的戏文角色就两个：一个浑身闪亮亮的正宫娘娘；另一个便是红披风红缨枪头顶两根长长雉鸡翎的女将军。那排场，前呼后拥，都是顶顶威风的人了。一群孩子一起，找块毯子一披，寻个发箍一戴，咿咿呀呀，床上床下哪儿都扮。

　　这般混到十来岁，戏文台上得来的那点审美从未生变，但彼时终于晓得"香主庙"是"乡主庙"了。至于"乡主"的意思还只望文生义地想着是这个乡里最大的。用外婆的话说：乡主娘娘管牢头哦。我知道"管"是"保佑"的意思，于是为表敬意，进进出出也都学着大人的样子拜上一拜。

　　后来，舅舅家新房造得离乡主庙更近了，外公外婆随住。逢十月初八庙会，定大宴宾客，赛过正月。外公最忙，忙的却是庙里的事儿，那时隐约知道会拉二胡的外公是个能干的管事。母亲还说庙里的一尊观音菩萨是舅舅家出钱立的。加上表弟还要喊那殿旁一棵三百多岁的古樟一声"娘",自此,走进这乡主庙我竟自然生出些主人家的情感来。

庙会嘛,最热闹的当属做戏文了。今年的班子好不好?哪里请来的?多少一夜?唱的什么戏?加演好不好?一串叽里呱啦。阔气的时候请正规剧团,偶尔也会遇到乡民口中的"杂拢班子",扮相唱腔都降些。高高的戏台正对乡主娘娘,中间空地上便是各家条凳组成的大方阵,为了好认,面上铺纸的,脚上扎布的,"风情"各异。我家的凳子呢,有"管事"的在准会有个好位置。

入夜了,"头场"敲起,四面八方的乡民都端着圆滚滚的肚子朝庙里聚拢来……演的什么?绍剧《龙虎斗》,越剧《五女拜寿》,还有什么《追鱼》啊,《王老虎抢亲》啊,《碧玉簪》啊,才子佳人附家国。

前场大人笑,后场孩子闹,还有扮好候场的演员与熟人唠个嗑。在这方凭谁都能唱上几句的神奇土地上,演员都是乡民,乡民就是演员。

不仅庙里闹,庙外也闹,马路两边是摊位长龙,吃穿用行一应俱全,鼎盛时期摩肩接踵。那是记忆里最最幸福的日子了,因为那时的孩子是孩子,父母也是。

后来的后来……孩子的孩子都大了,父母的父母终是老了。

记忆里,庙会是跟外公一起老的。

之前赶庙会看戏,后来赶庙会看人,看那连戏都不再看得动的人。

再后来啊……庙外的摊位也变得稀稀拉拉了,聊胜于无。直到有一天,"管事"的二胡拉成了绝响……再进那庙,竟成了异乡。

异乡人的哀伤啊!

又到一年一度的庙会了……岁月走到了庚子年十月初八,今年的庙会,我还是来了,来看看,看看外婆、看看乡主娘娘、看看古樟。

地有古树,避邪却病,谓灵;

朗月

天有梅姑，抚慰苍生，尊神；
中呢？有人，是如外婆般一代又一代勤劳淳朴的民。
这便是我时时惦念的啊！心里纯纯的乡、心底淳淳的民。
乡主庙的故事，愿续……

梅渚乡主庙戏台　开演前（俞赛琼摄）

那时候

秋，小院的桂树下，老人靠在竹椅上，女孩挨在身旁。

那时候啊，一晚上赶纳六七双鞋底，就为了家里人过年有双新鞋穿，现在呢，脚一"欠"（方言音，"伸"的意思）爱试几双试几双；

那时候啊，看电影要走去城里，一大帮人路上五六个钟头，还开心得要命；

那时候啊，做新妇哪来的嫁妆，一只警报袋啊装不满……

许久未回的老屋里，老人的目光抚过每一帧过往，女孩搜集起一片片光影仔细地存进心底：

那时候啊，楼阁板上铺四张床（一边说还一边比画），楼梯口一张，里面三张，你大姑的、二姑的、小姑的、太婆的；

那时候啊，你爸在老台门石槽里光屁股洗澡，后来读书长身体，回家就翻格厨里的冷饭头"习"（方言音，"吃"的意思）……

那时候啊，那时候……祖母、外祖母的"那时候"是几天几夜讲不完的。

1937年出生的两位，脑子清爽，讲话响，一张口便是长长的时空了。

女孩呢？只负责陪着、听着就好。一个小时、两个小时……不够，不够！"来坐就好，东西不要"那是每次去听得最多的一句。是啊，来坐，来坐，这一坐，便坐进了一个又一个生命的来处里。

祖母读过书，识字。念经抄经的活儿都干得极好，是同龄人眼中的"高才生"。进门那会儿，她正专心念着妙法莲华经，阳光斜过天井幽落在古老的经卷上，黄发晶闪，胸前合起的双掌是数十年如一日的虔心。都八十好几的人了，遇到不会的还四处问。"蟠龙鬱结"，"鬱"字怎么读？可难倒我这教书先生了。

素心几十年，祖母早已修了大智慧。有一回，二爷爷家那位不好惹的为了争寸地在门前骂咧半天，她出门一句"骂累了，中午上我家吃饭"就给化了。堂前落座，长条凳是她，小方凳是我，于是，"人啊高脚低脚都正常，会好的""做人啊待别人要诚，人家错让他错，自个儿要做好。"一句一句，每回都能打进人心里。那是认真活过来的人啊！是宝！

外祖母膝盖不好，走楼梯不便，自打上回把我家阳台的盘钵重新规划后，就一直惦记。韭菜割了吗？葱籽可以下了，肥田粉要放，少少一点就好……不要给我买东西了，吃不了多少了……其实，给的，和拿的，哪个多呢？于我，终是越给越还不完的。

几十年了，道别的时候啊，我总是习惯了一去三回头，她们呢就定在各自的村口。从机耕小路到宽敞大马路，只有同在的老樟树知道，女孩远行的力量永远是身后那一道道的炽热与执着。

人生的一场又一场告别里，我们终会明白，没有谁能陪着谁一直走，而那些灼灼目送的、决绝转身的都将是你勇往直前的理由。

礼 物

——写给自己，写给每一位如礼物般美好的你·2020年5月3日

"出现在别人的生命里，应该要像个礼物呀！"这是很久前一个文案里遇见的，俏皮的文字不用敲门便住进了心里。觉着甚是可爱，觉得很是应该。甜，善。

有礼物收的日子大抵都是好日子，为数不多，值得惦记。人们纪念生，纪念死，纪念每一个有着特殊意义的生命节点。那是对存世的恋，对未知的期，更是历了种种不美好后的若有若无的盼。

孩子眼里，世界可都是礼物啊！一片叶子，一张餐巾纸，一块橡皮泥，一把狗尾草，还可以是一个熊抱，一句悄悄话，一个吻……"哦！盒子里的小绵羊呀，我喜欢"小王子满意地说。

只可惜呀，收礼物的小王子是要长大的，送礼物的也是。

世界还是那个世界，不知不觉，我们看似拥有得越来越多，但能给的却越来越少。

"叶子也能当礼物？""一个拥抱，值多少钱？"送，想半天，收，想半天，不送不好，收也不妙，多了、少了，轻了、重了，商人的世界，锱铢必较。

如此，"你"字"我"字写大了，"人"字反倒小了。慢慢褪色的心啊便只能酿出世界的灰。出现在别人的生命里，调成的也只能是暗黑，可惜了。

收礼物的日子中生日算是"个头"较大的一个，因为生在五四，所以常被好友调侃"不老青年"。

母亲生我那年是有闰四月的，今年也是，所以，今年的生日农历阳历抱在一起了。一大早，就收到二姑姑的短信：祝你连续生日快乐！是啊，连续！祝福得有点用力，这样的祝福是每年必到的，从来不会缺席。家人群里，也是热闹的，明明一个离我两米，一个稍远也就在里屋，还是很"官方"地发来"贺电"。一旁的弟弟呢可劲儿撺掇二老，"爱要当面讲出来"，惹来阵阵红脸的笑，那是五月满地满地的野草莓，大片大片铺展开来的红。

在江南，五月是热闹的，出生在五月的人儿可是能收到山川大地太多太多馈赠的，新翻的土豆伴酱油、嫩笋尖儿炖蛋羹、嘎公红、桑葚紫、大青虾、胖螺蛳……一切都是那么鲜鲜的，嫩嫩的，这方山水啊从不吝啬为每一个生灵送上她精心准备的礼物。世界太苦，人生太短，她都知道。"开心地笑呀"所以她对每一个珍惜礼物的人都这样说。

"出现在别人的生命里，你也要像个礼物呀！"这也一定是她想说的吧。

圆 满

贪多事杂，一晚上翻这翻那，数卷齐进，拧麻花。

看《河西走廊》记住了一句：弹指间沧海桑田，一刹那转身千年。听细说红楼尽感慨好好了了作者真性情中大悲悯。忽又读到"先秦理性精神"一章："性无伪则不能自美……天地有大美而不言。"

正胡乱想着儒家似宫殿，道家如散文……不料，一串异响直入。刹那间各色月饼齐飞，夹杂"燕窝馅儿，好吃到癫掉"的夸张语势，妥妥，被"骚扰"。

发起人难掩兴奋说着找个时间一起把这些无比诱惑的家伙干掉，屏幕这头的我配合着情绪对接。谁料"好"字刚应出口，又飞来一句：我先送一个过来！"好家伙，大半夜"我吼道。尽管不是语音，"夜"字后面也没有任何标点，但摁下发出键的瞬间我是用够了十个叹号的气力的。然而对方似乎压根儿未曾接收，乐呵呵地秒回一句：我电瓶车，快得很，五分钟，楼下等。

之后，愣愣的五分钟，都用在了我想象一个女孩飘着仙裙半夜穿街的危险里。直至听到催促，披发趿鞋而下。一阵雨丝扑来，凉意森然。边门转角上，我催促那没带任何雨具的家伙赶紧离开，手里是众图样中那造型最漂亮的月饼和一袋酸奶，冰热冰热的……

做下此等事情的是一位相识二十来年的朋友。中途十几年不曾联系后又无缝对接的关系。

芸芸中，道家常讲虚无，佛家总讲圆满。圆满？当晚手握月饼的那一刻，我觉着，便是了。尘世孤独个体间，若能至诚至善即为圆满，不是吗？与人是，与山水与花鸟，皆是。

佛家的轮回里常会有"生我之前谁是我，去我之后我是谁"的感叹。说的是人与人之间总是会有一种他人不可细知的缘分。就像金玉良缘终拗不过神瑛侍者绛珠草。这种关于缘分的解说我自是愿信的。

再说生活里，我们也常常会遇到各种各样信以为真的缘分与圆满。我们常会因推杯错过陪伴；因离散方晓善待；因东失西；因小失大。于是，心暗。于是，悔。也许这时，所谓的圆满就变成了通透和澄澈。

中华先民先有"文"而后"明"，从创图腾、行巫礼到青铜饕餮、政吏狰狞，厮杀中有诸子齐放，动乱里有魏晋风流。最后，人们凿窟造像，得圆满；回归天地，得圆满；修身养性，得圆满。

恋恋一梦间，人们虽执念于所有空幻，然若果能与亲人安，与挚友诚，与生人善，与自我达，便是终都能成就俗世里的那一份自我圆满。

一念花开（俞赛琼摄）

且以清风伴明月

老 屋

　　好久没有那么真实的梦境了。梦里，灰墙黑瓦，低矮的木门，"半人高"的门槛，咕噜噜的大铁锅里，翻腾着一屋子大米饭的原始味道。踏着吱嘎的梯板上楼，昏暗里，亮堂的是东南角的田字小窗，轻推窗门：上檐下廊的堂前，最是那豆大的雨点欢腾在大大的捣臼里……

　　人物就复杂了。现在的、过去的，现在人的过去和过去人的现在，一股脑儿叠在一起。分明看到十五六岁的父亲放学回家翻捣"格厨"的模样（那是奶奶经常提起的过往）。奶奶的头发是银白的还是乌黑的呢？记不清了。

　　我不知道梦里清晰的老屋是什么时候就在的，关于老屋年轻时候的事，大人们似乎很少说，渐渐地我也便很少主动问。只知道一进门的板壁上挂的是我不知有否打过照面的太爷爷和太奶奶。

　　要说我和老屋相处的时间，极短。若从有画面算起就更是了。那时，几位姑姑大抵都还没有出嫁，我是家里唯一的娃。姑姑们都曾详细描述过如何哄我抱我的事儿，那是想象的画面在我脑海里的"真实"存在，一辈子的。那时的家，人多，饱满，一定像极了丰收的麦田。

　　印象里，晚上睡觉是有《小红帽和大灰狼》听的，那大灰狼吃掉小红帽奶奶的情节常引发我咬手指头像咬"萝卜条"一样的联想，常常让那时的夜变得更黑，也常常让我屏住呼吸没头没脑地往被窝里钻。那时的奶奶，嘴里会时不时冒出一段段顺口溜来。什么阿毛剥豆啊，一颗豆、两颗豆……明明是教人数数，却偏偏又跟狼扯上了关系。哭喊着孩子的阿毛娘是可怜的，阿毛是坐在门口剥豆时被狼叼走的，这些我很早就知道。只是直到后来，才猛然大悟那个可怜的女人原来就是大文豪笔下的祥林嫂！如今想来，那些原始的启蒙里竟早已渗透了太多的过去与未来。

梦是易碎的，就像一座座离去的老屋。

如今的台门，北边的一角二爷爷家的早已坍塌，西边的那曾住过我儿时玩伴的一角也早已披上了尴尬的水泥外衣，只有我家的老屋和那木石结构的门楣还站立着。门梁和牛腿上的雕刻虽不让人惊艳，却也终是熬出了时间的味道。

听奶奶说，这味道时时能引来"识货"贩子们的觊觎。一次次的拒绝里深藏的是奶奶执着守护的故事，也许，最大的原因还是那匾上的字和一个儿子给一位母亲带来的那份骄傲吧。（奶奶提起父亲年幼的聪慧时是闪耀着亮光的）

终有那么一天，当这些被时间打磨过的物件一件件抽离，这个空间里的一切也就会如进入黑洞般离开这一维度的世界。那些还在的人呢？剩下的只是想念……

几十年过去，麦田里的生命风吹燎原，曾经的亲密都有了各自的更亲密，一茬又一茬的新绿亦如弹石子路上的苔痕，来了又去去了又来。耳畔想起《月光》里唱的那句"是什么离去让我们悲伤，是什么结束让我们成长……"

常回吧，趁老屋还在，老屋的人还在。

陪着坐坐，聊聊，聊那热闹过的小巷和那曾经不那么灰白的时光。

且以清风伴明月

来　处

　　想了许久，下不了的笔就像南方数月下不了的雨，终在除夕得以落下。写点什么呢？门前的溪流朴树，山间的红梅白梅；眼前的烟火真实，远方的燎原未知……去的路一直在延伸，延伸，但尽头似乎又是实实存在着的。那些来时的路，可都还清晰？我们望向来处。

　　土改那会儿，祖母十四五岁，听说村里要办学校了，拉着同村好友便去报了名，到家一提，曾祖父一嗓子"女人读什么书？"终是被祖母"反正我已经报了"给"无赖"了。祖母说因为前面有俩哥哥，对她这个女儿，老父亲还是宠的。

　　因早已过了上学年龄，人高马大还往一年级堆里扎会难为情，所以，祖母这学生开局就是四年级了。"那样也能懂？""能！"祖母声如洪钟。

　　祖母的母亲走得早，七岁那会儿她就没娘了，曾祖父一人里外全担，时又遇上些事，三块钱学费家里却连出三分都有困难。"书还读吗？""读！"祖母拉着好友愣是跟老师请假半月给人摘茶叶去了。白天干活，好心的主人家晚上还给了油灯，两人在灯下认真读。据说后来返校参加考试，竟比一直在读的还要好，"气"得老师把那些人一通骂。

　　再有一回，考完语文，祖母就在那儿蒙头哭。大伙儿苦劝无果，引来了老师，说是因为知道自己错了好几处，肯定不及格了！老师见状当即去改了考卷，97分！"你要几分？""肯定不及格了！""97

分还不够？"一把鼻涕一把泪，把老师搞得哭笑不得的祖母这才止住。

书因为种种原因就读了两年半，语文、算术、地理、历史……那两年半是祖母终其一生的财富，也是我父亲和几位姑姑的来处。

"书是一定要认真读的！一天都不能请假！"这是祖母对她的孩子们常说的话。

父亲早慧，背诵、识字、书写都好，从开始读书到没书可读从未考过第二。在那个读高中全靠推荐的年代里，父亲没了继续读书的机会。跟随祖父工作后虽一度未直接捧起书本，但那些根里的东西却一直都归属于春天。很多年后，父亲终是通过原单位的转编考试成为一名公务员。如今，退休在家的他，每天练着钟爱的书法。那个1977年冬赶抄《水镜相书》《改良绘图麻衣神相全编》的父亲把一记专注的热烈眼神传给了我，那是我的来处。

求学，工作，生活，数十年过去，时光把我们都推进了辛丑年春，那方给予我来处的山水，那些浸染我一路的生命，与世间迎面扑来的巨浪一起，终教会了我如何坦荡荡立于天地。

2020年，奔赴过南博画展；留诗于天姥；约过八百年牡丹；醉过乡间桃林；存过抒怀之作；亲过师；聚过神；秋收；冬蕴。来去之间，世事万年，于来处，弃我所弃，执我所执，殊不知那些"有形的终散作微尘，无形的始能再承万千因缘"。此刻，窗外雨，室内灯，人间值得，你我都是行路人。

聽風

初　见

　　连续的高温，让原本局促的教室又小了许多。

　　上下午的课，课前看同事愤愤地"控诉"着学生将"拨刺"读成"拔刺"的事，这倒让我也想起了曾经的许多"拨刺"时光。

　　书读多了，会越来越觉得自己懂得太少，于是，这些年来不断地告诫自己少非议，勿妄论。偶有懈怠的时候，想想那句用来自嘲的话——"还好我书读得不多"。然后，继续懒懒地前行……

　　代课的班级，初见的光景是带着"晕影"效果的，教室的四个角落都是暗黑色。于是，怎么让这些倒下的苗苗偶尔抬个小头也便成了课堂的重要任务之一。和风细雨、打雷闪电的全用上了，他们最爱的还是听我讲故事。讲子美、讲稼轩，讲圣埃克絮佩里、讲小王子、讲玫瑰、讲狗尾巴草……于是，一堂试卷分析课就这样生生飞到了半空上。很难说，落地的效果是天使般站立还是继续摊成烂泥，但至少我们都在努力。

　　码字的这会儿，憋了三天的雨总算是落了下来。不够宜人的气温让我又想起宜人的青岛。周末一念之间的远行，让我们彼此都留下了颇具吸引力的初见。

　　岛城最大的看点当然是海。计划的栈桥日出，情人坝白色灯塔日落都没如愿，太阳只在大中午时慵懒现身。即便如此，清早大雾中的栈桥，人头依然攒动。羽化登仙般的场景还是有不少人在那抠影。我们感受了几秒最终被桥下裸露的礁石吸引。

山城长大的孩子曾一度赶着趟儿出门看海,离家较近的是舟山、象山,还曾大费周折地去过一趟苍南,靠岸的海水皆呈黄色。较远去过几趟厦门,稍好些,可印象远不及那长满气根的榕树。

青岛栈桥边上的海滩是以礁石为底的,近看,石上布满海藻与贝壳。仔细留意那些小小的水凼,还藏有不少螃蟹和海葵。

远处,一位大爷三竿齐下时不时地会有收获。近处,一大妈熟练地挖着牡蛎,身边围着一群猎奇的旅人。活脱的海生物种与岛城人们的生活日常既真实又陌生,眼前的新奇带来的欢愉绝不亚于一场唯美的日出。

五月的青岛是南国的仲春模样,小公园里的紫藤,道旁随处可见的泡桐营造出一个紫色的梦幻世界。特殊原因的历史建筑和本土的草木醮上一定的时间才有了青岛现在的样子。

站在信号山顶鸟瞰绿树红瓦,晃悠在八大关的纵连小道里一步一景。哥特式的古堡,欧式的老洋房,沙滩、海鸟……有那么一刻时空就在这里浓缩又在这里无限地伸展,它就像一个黑洞,对任何一个靠近它的生命都有着致命的吸引。这便是我初见青岛的模样,它是纷乱后的安宁,破立间的和谐与平衡。

漫步青岛街头,你最不可能错过的就是教堂,就像你永远不会在青岛的各大教堂门口错过一个个美丽的新娘。

浙江路上的天主教堂是当地最有名的一处。米色的外墙粉色的顶,壮观的壁画斑斓的窗,站在大厅,仰视是信徒的姿态,光照是天神的救赎,这是迄今为止我见过的最具书中模样的教堂。

令人称奇的还是教堂外的广场,那扎堆的新人和密集的摄影团队在这里合演着一部人间的爱美大剧,真正是不管中西,也无问南北。当然,这还没算上其他教堂和在礁石边冻人海水里混战的那些。

这是青岛热闹的一面。

到一处新地,若想短时间里了解更多,最好的方法恐怕还是去博物馆和书店，博物馆了解的是过去，书店里看到的是这个城市的未来。虽然只有短短两天但我们丝毫不赶时间，慢悠悠晃到邮电博物馆的时候意外邂逅了迷人的良友书坊，它和博物馆一起都开在那座建于1901年的德国塔楼里。

古朴的外墙，极富设计感的内部陈列，让我们一见倾心。靠窗，先生叫了杯拿铁，我要了杯卡布奇诺。不爱咖啡，点它原是为了应景。其实咖啡和茶都一样，杯中的苦涩醇香既是饮品，更是人生。手中的书又何尝不是呢？

初见青岛，我在1901年的塔楼里品着那些似懂非懂的"真实"。

在无数段"拔刺"时光之后，我们又何尝不是在为每一次初见努力着做更好的自己。

听　雨

　　想着寻一处灰墙青瓦之地听雨才去的西塘。那混沌的半月，人们都说白娘子对许公子的爱意绵延向了整个南方。大雨把车开成了船，撇开安全的思虑，个人还是喜欢那份隔窗流淌的意境的。

　　从小就在水边生活，临水的江南小镇是有灵性的，特别是雨天。

　　光亮的卵石小路，石缝间丰腴的青苔，檐下垂立的水帘，院里起舞的瓦缸……那样叮叮咚咚诚如桐琴里的古朴乐音。穿上雨鞋，举起花伞，去小巷里踩水怕是对那时最美好的记忆了。

　　不知从何时起，出生不同的古镇都长成了同一个模样。多年前去的丽江就不曾留下什么好印象，茶马古道上的烟火市集虽本就充满凡尘俗韵，但竟悲得只剩下"艳遇"二字了。许多事，清醒的时候是做不大来的，于是酒吧就成了古镇的模样。若流浪歌手吉他弹唱尚属情怀一种的话，迪吧嗨歌就显得太肆无忌惮了些。

　　这一次去西塘，入夜的阵势也是着实吓我一跳的。空气被高分贝的舞曲绞得支离破碎，屋内的浑浊里隐约着一群胡乱扭动的身体，那份笼罩在古镇上空的怪异看得人直想逃离。就像那些来自天南海北的商品被冠上本地特色出售般，异物入侵后野蛮生长的气焰似乎荒芜了西塘原本的模样。原本的模样吗？是呢。其实我又何曾了解她原本是个什么模样。只是单纯地觉得古老的桨声灯影里小镇的魂该是温柔的，青石小巷里走出来的人都是带有儒雅书卷气的，那连廊亭台的雕琢刻画里闪耀的该是智慧的光芒……

且以清风伴明月

那是一个怎样的你呢?
推窗风来,蛙声满塘该是你!
日照摇金,田野麦芒该是你!
月笼流银,互诉衷肠该是你!
是呢,听雨听的终究不是你,也不是雨,是人心呢!
我们避开人群,走进了古老的幽深里……

亭亭(俞赛琼摄)

一音成佛·尺八

住在大阪的那些日子，奈良走了两次。屡跟朋友提及，较之京都，奈良更为所喜。东大寺范围四处走走，若闲庭信步，也得好一天。主殿西北的正仓院是特意近前看过的，一路小鹿相伴，几无行人。当时无有展览，朴素无饰的木建筑也很不起眼，但那的确是一座宝库，梦里盛唐的一方落脚处。

据说，里面许多古物是从未公开展出过的。较之考古出土的文物而言，院内大多是传世品，有着独特的历史出处，又是经代代专业人员悉心保存。传世孤品螺钿紫檀五弦琵琶、金银平文琴、唐刻雕尺八……所有这些都足以让一位博物馆爱好者"摩拳擦掌"，每每提起，眉飞色舞。

初识尺八是几年前的事，起源于中国的尺八，作为古代吴越地区的竖吹管乐器，一说外切难吹；二说宋风市井，不合旷远苍凉之音。总之，宋之后渐渐不传，明末之后几近绝迹。都说传世的唐代尺八，唯有保存在东大寺正仓院北仓和南仓的八支，尤为珍贵。

普遍认为尺八约唐代（日本奈良时代）东传，奈良、平安时期入主宫廷雅乐，后有绝迹。唐普化宗禅师将尺八吹奏融入禅宗修行，后日本僧人觉心随商船入宋，由杭州护国仁王寺将尺八与禅宗一并带入日本。自此，"虚无吹断"之佛法与尺八这一重要法器就与日本的武士道精神融合共存，不曾有断，日本的现代尺八奉杭州护国仁王寺为祖庭。此一段在聿馨执导的纪录片《尺八·一声一世》里亦有所述。90分钟的讲述，我前后看了三遍，先是为器所动，后是为声所迷。

一流的制管师需有一流的耐心，材料也万里挑一。将竹管连根取下，置三到五年充分干燥，截一尺八寸，去竹节，开按孔，切歌口，内径调音……尺八的制作，每一支都不尽相同，流派有异，指法又有不同。正如管师所说：这是一种没有妥协、追求极致的乐器。

三桥贵风、海山、佐藤康夫、小凑昭尚，片中还对几位吹奏大师一一做了采访，其中佐藤康夫的《夜明》《穿越时空》《宙》《一滴》都是我单曲循环的日常。那"一音成佛"的阐述，那深邃的伤感，那开阔的疗愈，一如佐藤所说，这是一种为了"生"而存在的音乐，演奏者生命境界、年龄不一，音色不一。

随唐乐输入的尺八在注入禅者的智慧后，犹如一位老者，一呼一吸间让人思考从何处来又归向何处。一音出，不是转瞬即逝而是在听者的生命时空里久久流转，即使不懂也觉声声触动，直击魂灵。这便是尺八的引人之处，亦如古琴，声音里的呼吸感便是抚奏之人的人生。可自救，更可救赎他人。

曾说，日本普化宗兴盛时，僧人被允许腰间佩刀，可带一切道具。所以大量虚无僧不仅佩刀，还腰插尺八，贵族，平民也是。这个将武士道精神与禅融为一体的"符号"，把威严与英雄主义外化，一支尺八有如军刀般神圣，又代表着禅宗思想，内含菊花般的柔，救济与唤醒并存。

近年来，随着"盛唐遗音"的交融反哺，国人对尺八的认知与传承又有了葱茏绿意。己亥年，在谷芳老师的指引下对"文化"与"禅"有了簇新的认识，同室听课的杜如松老师又是国内著名的笛箫演奏家，想来，这一切，在我生命当下里流转皆自有玄机。

四月上海站佐藤的巡演因疫情暂停了，愿一曲《夜明》慰众生。一按一放浮沉间，吾自愈加通明。

时光：重庆

　　家乡多山、多水、多桥。山秀，水清，桥有韵。越地一方独具魅力。机缘之下，山城之人得遇另一处山城，两厢一见，真正是行千里、致广大，"重庆"二字自此在生命里点亮。

　　百越剡县的山俊秀，巴渝重庆的山纵情，一座在无数连绵山峰里锻造出来的城市，不用近前便能让人生出无限敬意。

　　因势而建的楼是直直向上的，如家乡的毛竹林，但除了拔节断无横逸。

　　光仰头是不行的，高低还见脚下，上坡，上坡，上坡，下下下……这便是重庆。洞子多、立交桥多、自行车什么的大抵是不便有的。八楼在哪儿？电梯往下。导航在哪儿？蒙圈抓瞎。初见，自以"神奇"二字作结。

　　城市是立体的，船上是江，楼上有山，轻轨穿墙。空间感、层次感极具未来属性。

　　钢筋森林是不假的，植物也是不少。街头的黄葛树高大、威猛，是主角。春夏交接的仪式感雷同家乡的秋冬，一树一树的黄叶抖落在暮春的街头，让人频生错乱。然没两日便又龇芽咧叶，绿意融融。当地老人们说，黄葛种在春天亦在春天落叶。这般一夜春风黄叶飞的景致，着实令人称奇。

　　"南有樛木，葛藟累之。"作为市树，黄葛昌寿又随处能攀。如果漫步，无论是山城步道，还是著名的中山四路，铁壁石墙上的一盘盘根系皆会敞亮地告诉你什么叫"坚毅"。是的，那样的树，才配得上那样的民。生活在大山大川里的巴人在险恶中练就了顽强，急弯古埠的纤夫，凿石穿山的工匠，骁勇善战的军队……这个以龙蛇白虎为图腾的人类文明与蜀与楚与越一起缀连在浩浩数千公里的长江之上，与黄河一起"汇流"成了我泱泱中华之不朽文明。

天坑地缝，急滩险弯，生存的背后是智慧。高低错落的吊脚楼，火辣多盐的红汤锅。说到吃：九宫格、钵钵鸡、串串、凉粉、小面……满锅满锅的辣椒，满盆满盆的油，辣到嘴是决计合不拢了的。那老火锅的广告词竟还这样写道：我们不卖鸳鸯锅，微辣已是最后的妥协。真正让人避无可避。

麻辣味是包裹流动着的重庆，辣到上头，辣进五脏，辣至脚下的每一步。楼上楼下，左边右边，出门进门，全是火锅店！于是，一群江南的人儿一把鼻涕一把泪，整部上演：痛并欢乐着。这种冬天取暖，夏天排汗，佐以上下锻炼的生活，果真是十分显身材的。几天下来，成效明显。

然每到一地，最吸引我的还不是吃，博物馆和一些重要的纪念地是一定要去的。三峡博物馆离住处不远，学余而往。镇馆之宝其一"乌杨汉阙"立于进馆大厅，醒目得紧。"乐游原上清秋节，咸阳古道音尘绝。音尘绝，西风残照，汉家陵阙。"这石阙精美、大气，保存完好，艺术价值极高。

瓷器、书画、古琴是馆藏之特色。只可惜凤鸣琴，"松石间意"琴是没见着，大名鼎鼎的唐寅《临韩熙载夜宴图卷》也未展出。但陶俑、画像砖吸人眼球，还偶遇了曾侯乙墓的临展，也是十分快意。

论表情之丰富，莫过于俑，有抚琴的、有说唱的、还有点赞的……凡世间所有，应有尽有。

论线条之美，莫过于汉砖。无意比例却重神韵的奔马，飘逸灵动的身形服饰，抽象中见具象，叹为观止。

最是那临展里的精美青铜器，与云博的古滇国文物一样震撼。

这个镇守周室南土的分封国度，在西周时期就享有先进的文化，中原的精美青铜器，吴越的青瓷器皆为其用，直至战国兼并，曾亡于楚。

　　站在一件件构思精妙，器型优美的古物面前，编钟声起，我们仿佛得见古人礼乐盛宴时的酣畅，家居出行时的日常。得见那气度、那神情、那风韵。仿佛一切都在诉说，一切先人的智慧都在默默的对话里悉数流淌。

　　"读万卷书，行万里路"这是张孔义老师常挂在嘴边的一句警醒之语。语文老师尤是。在浩渺的星空里凝视地球，在时空的交叠里传承文明，在小小的课堂里纵横四海，重庆之行：丰且厚！

　　我之于巴渝，一经停，二路过，三终邀月对酒。记之，忆之。

（黄龙宣摄）

关于北京

北京，一直以来是布衣百姓的神往之地，尤其是家里的老人。对着屏幕看了太多次的故宫、天安门、长城，总希望有生之年能无限接近一次。如此，便管不了人山人海的预警，守在法定节假日框架里的我们就义无反顾地前往。

一条中轴二脉山，三海皇城四道墙。

和古城西安相比，亦如梁思成的女儿所说："如今，无论是那个房子（指其被拆的父母故居），还是北京城，早就不存在了。我只是住在一个叫北京的地方，而它早就不是我的北京城了……"。不知道为什么，每次读到这样的文字，我的内心也是哭泣着的。作为一个从未直接参与过这片土地的生命个体，这样说兴许会让很多人觉得矫情，可这种感觉在我更多地了解它曾经的"奢华"与"内涵"后尤甚！

永乐挥笔筑皇城，崇祯一缢悲明泪。从故宫到天坛，从十三陵到颐和园，皇家的奢华与尊严，是太和门前的青铜巨狮；是仁寿殿前的瑞兽麒麟；是九五至尊的中轴御路；更是那"真龙天子"的天数（1、3、5、7、9五阳数之和，此数为帝王家专用）印玺。

千百年来，从漠北到草原，一股又一股人流搅拌进这片土地，最后化成了这里的一面面墙、一扇扇窗、一棵棵树、一块块砖，一次又一次，他们筑起了自己的城，狠拔着他人的根……

"大都"如何，"燕京、北平"又怎样？可叹的是，发生的故事太多，留下的东西太少，而知道的炎黄子孙微甚！在那一段段御敌的城墙脚下，前人以胜仗凯旋，什么时候，后人能不再以插队抢占茅厕而凯旋呢？

关于韩贝勒

韩贝勒，姓韩名丹，清朝正黄旗。祖上随清军入关，地道的北京人，纯爷们儿。韩贝勒是他朋友圈里的自称。之前的姓太长，听他说了一遍完全无法再述。能说，会演。

跑遍了大半个中国，从没遇到过一个像他那样到酒店了游客还愿意待车上听他讲故事的导游。

从霍英东的贵宾楼酒店到其隔壁的北京饭店，从毛主席到鼓楼馆长，从大明毁大元龙脉到大清毁大明龙脉，再从洪武到永乐，从万历到崇祯，甚至还讲到了鸟巢、水立方、建行总行及香港中银大厦"力劈"汇丰银行的典故。起承转合，引人入胜的本事丝毫不亚于一个"说、学、逗、唱"俱佳的相声演员。因为有了他，我们的整个旅程充满了奇幻色彩，是谓一绝！故而单表。

关于钱

国子监，孔庙。

北京国子监始建于元大德十年（1306），是元、明、清三代国家管理教育的最高行政机关和最高学府。与国子监一墙之隔的东侧就是皇家祭祀夫子的孔庙。行程里，这两处都是由馆中之人专门讲解。

古木参天，碑房林立。其阵势虽不能与西安的碑林相比，但当你跟随专员踏进集贤门，翻开厚重的时光书简那一刻，内心的感受一定是神圣的。太学的高度，万世师表的厚度，讲与听的恭敬场面，会让每一个来到这里的读书人对知识、对圣贤都产生应有的敬意。

在这里，仿佛有那么一瞬，我找到了这个年代我们身上最缺的东西。不管这东西是否有"规范"人本的弊端，还是曾经它做过外族人用来"汉人制汉"的工具。总之，它如今又成了这个时代无数人仰望却又伪拜的东西。

然而，讲解也正是从"敬意"两字开始转变了画风。

进庙烧香，那么、进孔庙不能烧香我们又如何表达敬意呢？学学历代帝王吧，留匾留书。可求家宅平安，家人康健，可求状元及第，独占鳌头，可求生意兴隆，财源广进，可求喜结连理，旺子添丁，总之一句话是有求必应！既然有求就要心诚，寓意功德圆满那就每块许愿牌随缘一百元吧，还可外赠护身符一个，划算！于是，乌泱泱一片磕头掏钱的，场面是十足的皆大欢喜。不知道那一刻，孔老夫子看着自己终于混成了普度众生的观自在后是否也手舞足蹈击鼓而歌呢？

圆明园

进京前，刚好跟孩子们在讲雨果的《就英法联军远征中国给巴特勒上尉的信》：

请您用大理石、用玉石、用青铜，用瓷器建造一个梦，用雪松做它的屋架，给它上上下下缀满宝石，披上绸缎，这儿盖神殿，那儿建后宫，造城楼，里面放上神像，放上异兽，饰以琉璃，饰以珐琅，饰以黄金，饰以脂粉，请同是诗人的建筑师建造一千零一夜的一千零一个梦，再添上一座座花园，一方方水池，一眼眼喷泉，加上成群的天鹅、朱鹭和孔雀，总而言之，请假设人类幻想的某种令人眼花缭乱的洞府，其外貌是神庙，是宫殿，那就是这座名园。

这是我会让每一个孩子熟练背诵的一段话。作为后人，我们永远无法从劫掠几次，轰烧几天，毁灭多少，夺走多少的数字中感同身受，尽管这些数字已让人万分心痛！

进园那天的阴雨，遗址空地上的一大群飞鸦，一块块残石断瓦，每一处似乎都在向当下的人们诉说着沉重。

　　然而，你同时还可以看到的是小孩闯进围栏在断墙根上撒欢，成人对着镜头微笑着比"V"，保卫人员忙碌着呵斥各方"游客"，讲解人员的主要任务就是劝你购买景点光碟。人山人海之中有多少人清楚圆明园的前世今生？有多少人知道火烧万园之园的是八国联军还是英法联军？又有多少人知道劫掠烧毁的远不止一个东方神殿圆明园啊！

　　思及此，我听到一个撕心裂肺的声音在我心底呐喊：前人不力终遭劫，后世不济必成殇啊！

西藏，离天最近的地方

开始于一段旅程

每一段珍贵的记忆都开启自每一段特别的旅程。

选择西藏是因为那迷人的风景，那雪域随风而至的动人故事，抑或是只为了那句"再不疯狂我们就老了"的歌词。定下行程，排好档期，就这样，和着心灵的轻唱雀跃地出发了。

从上海到拉萨的火车，全程4千多公里，用时两天两夜。西宁是这次行程的中间站。从第二天白天起，火车驶入青藏线，沿途的风景开始变得格外瞩目，由于海拔一路攀升，让旅途中的人们有了不同程度的高原反应。

从一开始的裸露山脊到后来的辽阔草甸，从初见雪山时的全场尖叫到发现藏羚羊时的极度兴奋。优哉的牦牛，抱团儿的绵羊，偶尔窜出的小野兔，映衬着黄黄紫紫的格桑花。我知道，目的地近了，近了……

徜徉在一块净土

拉萨的第一天，晨曦叩醒了大地，还处在高反适应期的我也早早起身了。

站在街头，有些许胸闷、气喘。沿途过往的人们都是清一色左手念珠、右手转经筒，当地人早起的必修课是沿着布宫周围的转经道转上几圈，念上几十遍完整的经文。我的存在，似乎有些突兀。适应不同文化的同时产生的是更多的理解和思考。原来，这就叫佛地。

来到佛地怎可不去佛殿？所以神圣的布达拉也就成为首站。

借着早年对雪域高原的幻想以为布宫是建在远离尘世的雪山之巅的，甚至也曾想过它是如海市蜃楼般的一座拥有神力的空中楼阁。也许似乎只有那样的画面才能满足人们对圣殿的全部幻想。可当你真的沿巨臂般蜿蜒的城墙慢慢走近它时，这座建在拉萨市中心，依山而起的宫殿，并不会因为它周围马路的喧嚣和人群的纷乱而削减了丝毫它带给远方客人的神圣感。每一个见到它的人都会带着一种梦里寻他千百度的似曾相识感与它瞬间亲近，每一个站在它的脚下仰视他的人都是那么不约而同地万分虔诚。不得不说，它的确有一种让芸芸众生肃然起敬的魔力！

大到一座重达几吨的黄金打造的达赖灵塔，小到红白建筑中使用的边那草、藏药、牛皮、牛奶等材料。从公元7世纪众说纷纭的始建到公元17世纪的重建，穿越千年的布达拉宫里汇聚了太多的故事，太多的人生、太多的珍藏、太多的延续……所以，"艺术殿堂""文化遗产"这样的名词当之无愧，无逊于故宫。

防腐、防弹、防震，冬暖夏凉的神奇建筑拥有着几米厚的坚实宫墙，足以承载一页页厚重的历史。所以，走进布达拉宫，每个人最大的感觉就是：你觉得所有的故事和人生听起来都那么邈远，哪怕是一场万千生灵的涂炭也不过是头顶的一缕可以瞬间吹散的青烟，但当你见到那一张张美丽的唐卡和一尊尊佛的金身时，你又会觉得那一切仿佛就在眼前，真实可触！"布达拉"三个字本身就是"普度众生地"之意，是大慈大悲观世音菩萨的道场。所有幻化而来的活佛皆只是他来到人间的肉身。当你真能跳出红尘之外再看红尘中的种种名利追逐，恩怨纠葛时，你又怎会不变的更加通透、睿智呢？

这，是一场强大的心灵洗礼！

布宫的迷人在于它价值连城的文物，琳琅满目的工艺品；在于那每一幅精妙绝伦的唐卡，每一种神奇巧妙的建筑手法；也在于那一个个曾经游走于布宫的智慧人生，传奇故事！

常有人说：因为一个人，喜欢一座城。布宫里最让人牵挂的也许就是那个谜一样的活佛——六世达赖仓央嘉措了。就是这样一个金装易见，本色难求的活佛用他的真性情向世人展示了"滚滚红尘皆梵音，人生无刻不修行"的生命境界。

菩提树下，玉树临风一少年。是他写下了千古传唱的："住进布达拉宫，我是雪域最大的王；行走在拉萨街头，我是世间最美的情郎！"是他留下了千古绝唱"世间安得双全法，不负如来不负卿！"

世间总会有那相似的故事在红尘中上演。那个世人眼中总是清秀俊朗的少年心中流淌出来的诗句，也总是会让那些缱绻的女子，在他的故事中找到属于自己的情节和伤感，跨越时空演绎着阴晴圆缺、尘世冷暖。他从美丽的门隅走来，在温情的八廓街里拨动着自己的琴弦，而我们在他的琴音里听到了自己心弦颤动的声音。那是经历了怎样的一种参悟啊？即使睿智如活佛的他，不参透，又岂能接受！

就这样，带着太多复杂的情感，我们走完了布达拉宫，却再也走不出那些人，那些事……

有太多的无法带走，能带走的就只剩下不同角度不同时间段的布宫全景了。

旅行的第二站：途经美丽的川藏线到达西藏的小江南——林芝。

没有三月桃花季的绚烂，也没有十月入秋时的缤纷。七八月正是这里的雨季，老天阴晴不定。尽管这样，318线上的风景依然迷人：穿行在尼洋河畔，到处都是美丽的格桑和成群的骑行者。真正让我们这些坐在车上都高反的人儿狂赞他们的勇气和毅力！两个轮子的他们边骑边欣赏沿途的风景，而四个轮子的我们也在边看风景边欣赏着别样的他们。

林芝之行，有着难忘的田园风光，有着雅鲁藏布大峡谷奔流的勇猛，双江并流时的壮阔，却也有着因云层过厚没有一睹雪山南迦巴瓦的遗憾！不过，这就是旅行，这就是人生，不是吗？

走完了前藏，又如期来到了后藏——日喀则。绝大部分人知道这个地方都是因为韩红的一首叫《家乡》的歌，我也不例外。

从拉萨沿雅鲁藏布江溯流而上，沿途有西藏三大圣湖之一的羊卓雍措，镶嵌于群山的怀抱之中。海拔4441米的淡水湖，湖水如羊脂般清澈，掬口甘甜。沿湖碧草青青，野花遍地，让人心醉不已！

而说起日喀则的象征则是著名的扎什伦布寺，寺院依山而筑，壮观雄伟，可与布达拉宫比美，是历代班禅的驻锡地。（达赖和班禅是藏区最大的两个活佛转世系统，同属于藏传佛教格鲁派。明代万历年间，三世活佛索南嘉措受蒙古汗的尊号赠予有了"达赖喇嘛"，意为"大海上师"的称号，后人追认了他的一世和二世。一直到四世达赖的佛学老师罗桑确吉坚赞被蒙古和硕特部的固始汗尊为师，并赐予他"班禅博克多"的称号，意为"睿智英明的大学者"，由此，班禅的称号也正式确立。基本上，后来，当世的达赖和班禅都是互为师徒关系的。）

从日喀则继续往南走，将会接近"世界第一高峰"——珠穆朗玛峰。虽然因为时间关系，去珠峰脚下扎营不在本次行程之内，但既然来到冰川的家园又岂可错过沉睡冰美人的绝世容颜。在这里，我和整个西藏离公路最近的（即最触手可及的）卡若拉冰川有了亲密的接触。

这个冰川由西藏四大雪山之一的乃金岗桑孕育，周围有十多座海拔六七千米的山峰。置身其中，时空的无限放大会让人觉得自己无限渺小、微不足道。这就是世界屋脊的魅力，万物之源，冰雪江流的家！

强忍着高原反应带来的不适（那是像慢动作一样步行还要头晕、

胸闷的状态），我来到了冰川脚下，抬头仰望，那山顶纯稠的白色就像哪位贪吃的上神不小心将酸奶打翻，欲流又止。阳光与白雪相遇，为山尖涂抹上一层金色，圣光耀眼，让人不忍直视，这就是藏民眼中的圣山，凭谁看了都会肃然起敬！

千年的冰川孕育出脚下汨汨的雪水，用手轻触，沁凉入骨！很想在那儿多待一会，和山和水和灵魂深处的自己深深地对话，但终因无法适应的高海拔而恋恋地离开……

藏区的传说中，圣洁的雪山和神奇的玉湖是一对恋人，他们从不分离，就像唐古拉和纳木错那样。所以，来到藏北那曲，自然要慕名去寻找。

念青唐古拉山雪峰是雅鲁藏布江和怒江的分水岭，同时将整个西藏分为藏北、藏南，藏东南三大地域。沿着拉萨河前行，我们翻越了本次行程的海拔最高点——5190米的那根拉山口，来到了海拔4770米的圣湖（世界上海拔最高的咸水湖）——纳木错。

如果说先前看到的羊卓雍措是一块上古天神遗落在人间的碧玉，那么，纳木错就是一面可以与天神直接对话的神镜，与蓝天一色的湖水享有"天湖"的美誉。远处是连绵的雪山环抱，海鸟儿自由飞翔；近处则湖底的石子清晰可数，洁白的牦牛在岸边漫步。这个以高耸的喜马拉雅做远景，辽阔的藏北大草原做近景的神湖，在迎风飘扬的五色经幡下美得悠然，美得肆意！

在湖边静静坐着：用神水点在自己的额头期待将自己的心灵擦亮；合上双掌对着雪山圣水许个心愿唯愿自己能不来人世白走一遭。也可以躺在那儿，什么也不想，完完全全地融入，融入周围的一切……

旅程到这儿，一直没提到吃，这会儿不妨集中讲讲。其实，去西藏，你看到的饭馆基本上都是四川人开的。藏地鲜少蔬菜，所以在饭桌上常见的蔬菜基本外来，剩下的就是当地的特产了，什么蕨类啊，菇类啊，最"泛滥"的要数土豆了，这是当地常见的农作物。

所以当你在拉萨街头频繁看到一家家的炸土豆店时也就不足为奇了。

吃正宗的藏餐当然少不了要尝尝声名远扬的青稞酒、酥油茶、藏奶条、糌粑饼。不懂酒的我对这种用大麦类粮食作物制作的美酒无从评论，也许拉萨的小伙子们私下里更喜欢喝的还是当地的"拉萨啤酒"。酥油茶嘛是用酥油、牛奶加些许盐配制而成的，所以，它入口香带点咸味。糌粑是藏区牧民的主食，是青稞磨成粉炒制后用酥油黏合的面团状食品，实际上就像我们这边所说的粗粮。尝一口品味即可，点太多就只能打包。

说到西藏，人们肯定还会想到一种高海拔动物——牦牛。据说，西藏的牦牛属那曲的最好，因为那里的天然牧场还盛产虫草。所以好多商家就打出了特吸引人的广告语"牛吃虫草我吃牛"来招徕生意。

有牛当然也少不了猪和羊，当地有名的全身乌黑的藏香猪、喷喷香的烤羊排都是特色，够味，有嚼劲，容易吃撑。

当然，因为是边界地区，当地还有很多外来的"和尚"，走在拉萨街头，想找个尼泊尔餐、印度餐什么的都是易事。

结识了一种信仰

在拉萨街头，还流传着这样一句话"没到大昭寺就等于没到过拉萨"。这里说的大昭寺位于拉萨的市中心，围绕在寺周围的就是前面提到的热闹的八廓街。

大昭寺，始建于唐贞观二十一年（647），相传是藏王松赞干布在文成公主的帮助下为尼泊尔公主尺尊所建，土木结构的寺庙覆盖着西藏独具一格的金顶，是曾经的吐蕃最辉煌时期的建筑。然它的佛教地位则来自于里面供奉的是佛祖释迦牟尼12岁时的等身像，据说是由当年文成公主入藏时所带。

1300多年了，这里日日香火缭绕，酥油灯长明，它是每一个藏民一生中期待必到的地方。在寺庙的广场前随处可见叩等身长头之人。这样的信徒据说大多分两种：一种是从遥远的家乡出发，三步一叩，花上一年半载等身丈量而来，只为见佛祖真身一面。另一种则是在拉萨亲戚家或租个小屋住下，每天在寺院门口叩等身长头，一直到叩满一万个或十万个为止。看着那一个个五体投地的生命，一道道专注的目光，一颗颗装满佛经的心灵，你会石化！你会失语！你会久久不能平静！

双手合掌举过头顶、双手合掌放至额头、双手合掌放至嘴边、双手合掌放至胸前，这就是完整的一拜。这一拜，一愿世界和平，二愿国泰民安，三愿亲朋和顺，四了自身心愿。那不是一种哗众取宠，也不是简单的发愿，而是一种向上至善的纯洁信仰！相信因果，善待众生，这是佛教在藏民心目中最深厚的教义。

所以，藏人不吃鱼，因为他们觉得杀生的罪孽过大（鱼的繁殖能力强大），他们能选择的是过年时备一头牦牛够一大家子吃上好久。

所以，藏人不毁山污湖，因为他们相信每一座山都是圣山，每一个湖都是神湖，是神灵的化身，不可亵渎。

所以，藏人有自己的丧葬方式，他们觉得灵魂能随自由翱翔的鸟儿一度轮回。

原来，这就叫作信仰，至善至美的天堂！

了然了一份心境

去西部旅行，一天几百公里的车程是家常便饭，许是佛地待久了也沾染了些许佛性，开始胡思乱想起来……

生活就像雨季西藏的天，绝大多时蓝天白云，但也不乏暴雨狂风。

佛说：一花一世界，一叶一菩提。在日喀则回拉萨的路上，途中遇雨，我趴在车窗前傻想：人生就是趴在玻璃窗上的那个小水滴，生命来时的际遇就像雨点遭遇车窗般偶然，沿途有吸收，有损耗，顺风时快，逆境时慢，有时还来个摔得粉碎的意外，但每每攒足了能量却仍会继续向前。尽管，前途未卜；尽管，结果未知。就只管那么一路向善，向前！

最后，招一招手，我极其渴望带走那朵朵美丽的云彩。

别了，我美丽的西藏！

别了，沐浴我身心的天堂！

别了，那个离天最近的地方！

西藏四大神山之一乃钦康桑峰，海拔5020米，峰顶7191米

且以清风伴明月

远一程,再远一程

五色花开遍山谷
落叶松 站着的 倒下的
都不朽
远古的流辉划过
太白的月开上了天山
璀璨是草原的火

苍穹翻转
毡房与点点羊群一起醒来
亲吻朝霞的
还有一匹马 叫"大头"

那驮过汉唐的马背
在邈远又熟悉的炊烟里一起 一伏

几千年的起伏呀
雪山静静地 还有雪
那些去过远方的人儿都说:嗨
路还在
还热在心口

——喀拉峻 之晨·2021年7月

离上次去新疆已有五年了。熟悉的乌市，熟悉的巴扎和馕，千万年前隆起的红山还在，卡瓦斯依然流淌……与许多沿海的省会相比，乌鲁木齐虽稍显朴拙，但其所辖的辽阔版图却足以让任何亲近它的人升起敬意。

这块三山夹两盆的土地上，多民族聚居、众文化交融。丝绸、玉石……一条条人类历史之路脉穿其间。在这里，你可以看到中原的饺子、馄饨和粽子，也可以品尝到早已安家当地却实为外来的葡萄、石榴与西瓜。一朝朝、一代代，铁马金戈、化尘为土后，新疆终像大唐的茶叶与牧民手中的奶，抱成了世人最愿前来品尝的一杯香奶茶。

朋友常说我爱跑。是啊，那些古文明流淌之地，总是我向往寻证的。花十天半个月掠过天山南北注定是匆忙的，但有限的时间里我也总希冀带着全部过往与每一处认真相遇。

水·山

莫名的亲近与敬畏是人们见到万物之源时的通感。牛奶海是神，纳木错是仙，青海湖绝世红颜，而那日博尔塔拉的赛里木是一位有些脾气的女侠。美是美吧，只能偷偷看，风浪里有悠游的天鹅。既不可亲近，便只能匆匆别过了。待哪日遇上可心之人，这位冰山美人也许就会翠霞为聘白云为妆鬓金莲了吧。

巴音郭楞和静县，雪山环抱的巴音布鲁克，蜿蜒的开都河，这个意为"丰泉"的地方，温柔起来晒落日奇景与君共赏，闹腾起来挥风雨雷电横扫千军。去见这位阴晴不定的朋友时，我提前备好的防雨长风衣，惹来了一众躲雨之艳羡。出行的经验告诉我，辽阔草原上落雨，我们唯一能做的便只是接受了。当高地最佳观景处的简易小屋（卫生间）都挤满了人时，风还是热情得过火。乌云与太阳拉锯，所有人都把剩余的力气匀给太阳了：看！一小带亮了，暗了，一窟窿亮了，暗了，一大片亮了，亮了，亮了，又暗了……直到所有人的力气都耗尽，太阳连带人们欣赏奇景的期望一同没入暗黑里。彩虹！此时人群中突然大喊一声。两道！所有人都兴奋了。一瞬间西边的阴霾被东边的惊喜代替，坚持下来的人都长舒了一口气。

那一刻，自然教会了所有生命：灿烂与风雨孪生。对游牧民族的通达与坚韧我似乎又多读懂了一分。

峡谷的美在山，更在水。

阔克苏峡谷的喀拉峻湖是冷绿，库车天山大峡谷的美则在于袒露的真实。人在裸露的河谷中穿行，想象与千万年来的浩荡同行，敬畏？是的。伟力面前人类是如此脆弱。在万年的改造自然里，人类总是打着征服的口号肆意破坏着，付出生命代价的历史在不断重演，也许"共生"的含义不是"我们要与自然和谐相处"，而是要努力去掉那个自以为是的"我们"，因为，"我们"就是"自然"，不是吗？

看，抬头就是高与天齐的红色山峦，连绵、多姿，一条条、一层层，它默默壮大的印记是那么清晰。何时读懂了这些，我们才算真正读懂了自己。

山·人

生于江南，自与山水浑然。中国的水墨是以山水为宗的，从自然到艺术，山水于世人而言更多的意义在于生命的归依。

早期的山水画是只见山水的，后见各类树下人物，人物则多为高士。彼时人物与山水的组合尚还生硬，之后，慢慢有了"前景有树、中有高士，后有远山"的局面。这个"意识崛起，剥离，回归，最终浑然一体"的过程是经历了人们漫长的践行与思考的。

甘肃、青海、西藏、新疆、四川……这些年，我把这一片都走了一遍。江南的山是养人的，而西北的山，铸魂。南迦巴瓦的若隐若现在说：去我执；卡若拉冰川、牛奶海的海拔在说：纯粹地呼吸；蜀山之王贡嘎是惊喜；冰山之父慕士塔格是亲近；天山、昆仑山是精神，还有那夏塔古道上的木扎尔特则是极致的欢愉……

那个被称为众神花园的地方比神的自留地禾木多了太多的"净"。野花铺路，云杉为伍，抬头有光，脚下有路。可久坐，可狂奔，可高唱，可静听，总而言之，言而总之，这真是一个万般皆宜的地方。恐怕唯一的缺点便是易沉醉了吧。

人们都说玄奘求真而往，从长安出发，穿越沙漠戈壁，翻越雪山达坂，历经千辛万苦，最终到达印度。这中间除了避无可避的非人磨难，我想，最考验人的还是对迷之美好的起心动念吧。那句风靡国人的"心上人我在可可托海等你，他们说你嫁到了伊犁"唱出的是世情，而那在非山非水、非起非落间入于寂静，以寂境照见万物的该是玄奘所修的"山自在、水如来"之境吧。

人·城

玄奘，西天求学十五载，取舍利、佛像、珍贵典籍而回，后二十余载，译佛经75部、1325卷，计1300多万字……译《道德经》传印度，口述十余万字成巨著《大唐西域记》。一个人，愣是把几十年过成了几千年。生命的极致便是创造历史。

车入龟兹那日内心是有莫名兴奋的。一片白杨林中，鸠摩罗什像就立于克孜尔石窟群前。那位公元343年出生在龟兹的大德同样为世人仰慕。乌市博物馆里陈列着他同样极致的过往，而站在木扎提河岸边的一刻，许是我一生中离他最近的一次。讲经、译经，在一切可溯范围内想象着他昔日的风采，想象着他在人类思想史上发光的样子。

【龟兹·石窟】

汉书有云：西域有国，东通焉耆，西通姑墨，北通乌孙，名龟兹。

入龟兹是必观石窟的，龟兹石窟又以克孜尔为范。"克孜尔"，维语"红色"之意，木扎提河北岸却勒塔格赭红山体对面断崖之上有已知洞窟300余，残存壁画80多窟。克孜尔石窟作为中国现知最早的大型佛教石窟寺遗址，是丝路之上佛教东传之先，比举世闻名的敦煌早了百年。

它的开凿与敦煌石窟一样是横贯几个世纪的，极具朝代的连续感。那些旅行的商人、那些地方的政权首领，都可以是供养人。石窟所绘内容大多有：佛传故事，述释迦牟尼的生平；佛本身故事，写释迦牟尼前世善行；因缘故事，描绘与佛相关的度化事迹，与早期神话故事相类。

整个石窟群都在不断清理修缮中，目前对外开放的仅谷西区6座。据我近年西行所见，天水麦积以泥塑名、大漠敦煌以壁画驰，如今，站在这昔日佛国，以其"残"而尤感文化、宗教、艺术演传之实相。千年来，祸乱、盗抢，它笔笔皆受。

其中相对完整的38窟窟名"伎乐"，据史料记载大唐十部宫廷乐舞有三部出自新疆，分别为龟兹乐、疏勒乐、高昌乐。这些乐舞，节奏鲜明、舞姿奔放，地域特色浓郁。

在第八窟"十六佩剑者窟"主室前壁上也有伎乐飞天，龟兹乐舞之炫尽显。阮，笛，琵琶各种乐器清晰可见，色丽技高。

穿行这些石窟，后世在绛唇、花钿、眉式、发髻之上拼凑着气宇轩昂的盛唐，在凹凸、晕染之立体风格之中感受着西来文化的魅力。当然，在那人物脸部损毁，盗割严重的叹息声中也写满我们对历史与人性的深深思考。

【八卦城·特克斯】

藏族有格萨尔王，柯尔克孜族有玛纳斯，蒙古族有他们的江格尔。每一座城都有它的屹立之本。

伊犁哈萨克自治州的特克斯县，东邻和静，西接昭苏，人们取《易经》中"天地交而万物通，上下交而其志同"之意设计筑城。这是一方道家之形与异域之魂和谐相交的神奇土地。

八卦奇城以城中博物馆为中心，"乾兑离震巽坎艮坤"八条街道向外辐射，每条街道的路灯都独具匠心对应五行，街道店铺也因此有序聚整，另有由内而外四条环路与其相交。这是国内唯一一座没有红绿灯的城市，走在街上倒也十分安心。买个门票登城市中心三十米高"观景塔"可远眺全城，登记备案的无人机亦可飞掠，若时间富余还可提前一天预约热气球，于更高处饱览全貌。

【石头城·塔什库尔干】

都说不到喀什不算到新疆，不到塔县不算到喀什。塔什库尔干，这个维语里的"石头城"因有距今两千多年的石头城遗址而得名。汉西域传中有记，此处便是当年的"蒲犁国"所在。

这个地处帕米尔高原东部的县城，境内有世界第二高峰：乔戈里峰。此行喀什到塔县中巴友谊公路上一路相随的还有公格尔峰（7649米）、公格尔九别峰（7530米）、慕士塔格峰（7509米）。真正应了"帕米尔"一词在塔吉克语中"世界屋脊"的意思。

因与塔吉克斯坦、阿富汗、巴基斯坦三国接壤，所以国人去塔县是要办理边境通行证的。小城虽每日游人不断，但整体安静。同行中偶有高反的，终无大碍。

塔县的石头城，据说是汉代西域三十六国之一蒲犁国（南北朝又称竭盘陀国）的王城，丝绸古道上的重镇遗址。整个王城被雪山环抱，城前坐拥一片美丽的草原名唤金草滩。

1300多年前的一天，一位四十出头的大唐和尚，身背沉重的行囊，临近葱岭东部的竭盘陀国都城时，黄昏下的金草滩该是熠熠生辉的。迄今为止，内城中还立有牌示：玄奘讲经处。多年以后，人们又在《大唐西域记》中闻此描述："竭盘陀国，西域古王国之名。又称大石国。此国开国者之父乃自日天而来，母为汉土之人。故其王统称为汉日天种。其王族之容貌与中国相同，头戴方冠，身着胡服。"于是，这个据说由当时的国王亲自讲述给玄奘的关于汉代公主与太阳神的故事便就此流传开来。

其实，帕米尔高原上的人儿与中土人士的相貌是全然不一的，那天然雕琢的立体五官，那灵动眨巴的大眼，那笑起来像整个春天的塔吉克姑娘，真正会是一种超越性别的一见倾心。同行人互相调侃：你看，果然好看的皮囊与好看的风景一样，都在险峰呢！那种挺拔似雪山，那份飒飒是雄鹰，在那样的一块土地上，一群江南姑娘的温婉一瞬间都躲到边边上了。可没过几秒，大家又唱着《花儿为什么这样红》吃着牦牛火锅乐开了。心里想着，在各自的故土上，存在我的存在，也欢迎远客的到来，这便是诗了。

【喀什】

喀什，古丝路重镇，也是此行相处最久的一座城。兼容、和善是我对老城的最初印象，就像这里每天晚上十点还在放光的太阳。古城保护区与有名的艾提尕尔清真寺相连。与许多地方的古城镇相比，商家林立的老城并没有给人太多的商业气息。原因很简单，大多原住的居民就是商人，少部分外来的填进也完全消化在本土的风情之中。生意与生活的真实是老城的魅力所在。

早晨十点，老城悠悠醒来，夜里一场大雨让一条街道成了河道，一辆执勤警车成了通天河上的老龟，我们也跟着体验了一把"求取真经"。在的这两日我们还遇上了伊斯兰教的重要节日古尔邦节，全城的信徒都涌向了艾提尕尔，先做礼拜后狂欢。我曾去过很多地方的清真寺，西宁的东关，兰州的西关，也见过他们宏大的礼拜场面，但遇上这样的节日还是第一次。

节日的前一天，我们走进了这座新疆最大、全国闻名的清真寺——艾提尕尔。

艾提尕尔清真寺坐落于艾提尕尔广场，与古城巴扎相连。整个建筑始建于1468年，外观以黄白绿三色为主，伊斯兰城堡式风格。

全寺由大殿、教经堂、宣礼塔等组成。门窗廊顶装饰图案繁复精致，尤以敞廊一众绿色木柱最为显眼。每一根柱子雕花各异，抬廊部分又现佛龛、莲花等图案，伊斯兰教、佛教间的彼此影响可见一斑。寺内工作人员正在有序铺着地毯，做着节日前的礼拜准备。

节日当天，似乎全城的信徒都涌向了广场，老城难得开着的蛋糕店告诉我们，这两日许多店铺都放假。节日的隆重充分体现在身边每一位的盛装上。一个个，一家家，老人，小孩，从头到脚，没有一样不是新的。年长一点的穿着长袍戴着小帽依循传统，年轻的一家，有男士集体西装的，女孩集体花裙的，自家大小孩子穿得一样，于人群中极为醒目。广场上，到处是拍全家福的。有女孩提溜裙子的，男孩手插西装口袋的，有爸爸搂着孩子的，情侣依偎着的……那分明是我们小时候记忆里的春节模样。简单的满足是遇见幸福的门。

入夜，温馨的幽黄色灯光包裹着老城，那蜜一样的甜在喀什人和远道客人身上交织。烤肉店宾朋满座，缸子肉、红柳烤串、炖鸽子、各色瓜果。首饰玉石店门口，主人家铺毯而坐，喝个小茶，弹个都塔尔，再邀过往行人一起敲个手鼓，那画面，会是在很多年后仍让人无限怀念的。

艾提尕尔讲解的小姑娘告诉我们，"艾提尕尔"是"快乐场所"的意思；新疆的大圆馕代表着太阳，待客时一般分成四块，寓意欢迎四海宾朋；维吾尔族人的帽子下圆上方也代表着四面八方……我们就这么听着、看着、在古城的百年老茶馆里泡着，那一片东方的叶子与大马士革的玫瑰在这里相遇的故事，不管初衷为何，如今的人们，脸上都是带着笑的。

山、水、人、城啊，又一次西行所见，生命的意义在于远一程，再远一程。

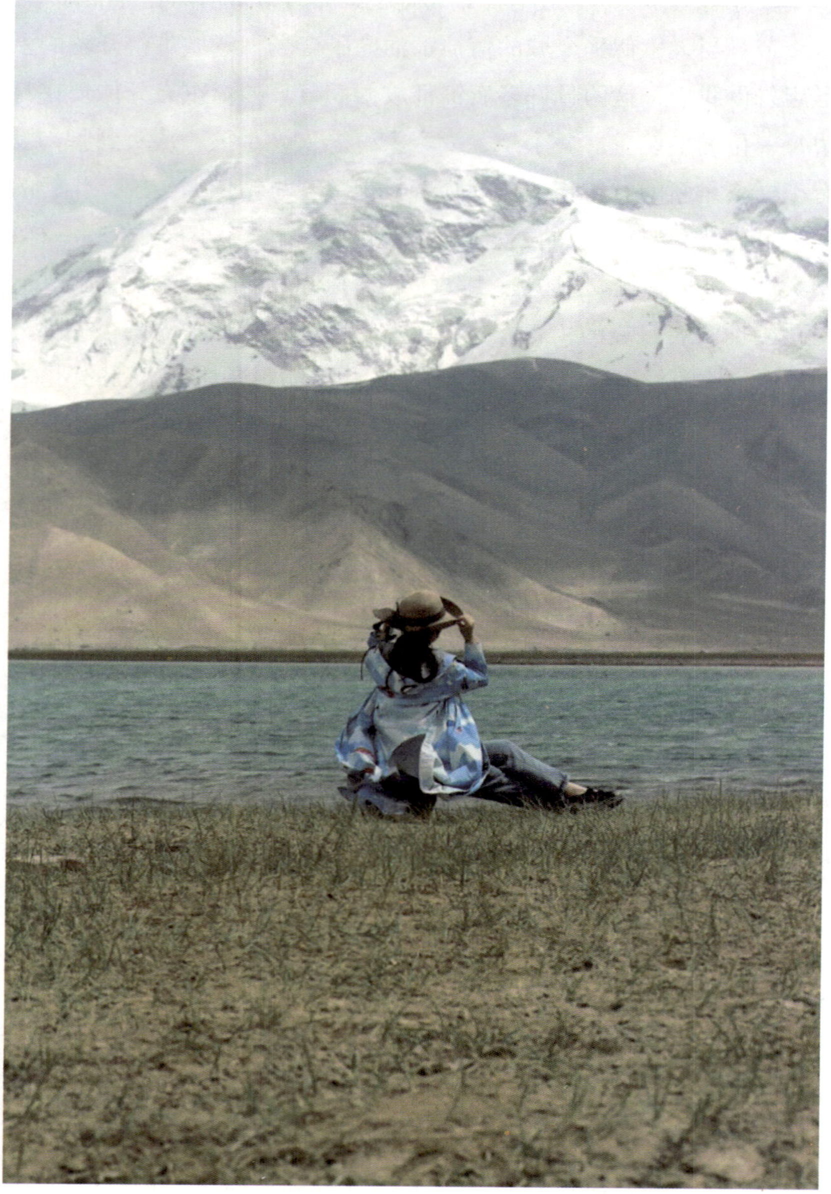

西 行

  古人常说：读万卷书，行万里路。而今人呢？任性点的会说"世界很大我想去看看"；文艺点的会说"身体和心灵，必须有一个在路上"。出行条件相对发达的今天，整个世界就像一锅煮沸了的粥，那一颗颗向往远方的小心脏就是粥里的一个个小气泡，扑通扑通地直往外"冒"。可虽说如此，现代人出行还是得给自己找各种各样的理由，大多时候是为了说通身边的人，更多的时候却是为了说服自己。事实证明，没有哪一次的说走就走会来得那么容易，继而人们也就会格外珍惜。

  总结人们出行的最大原因也许是为了寻求"改变"。改变心情、改变空间、某种程度上甚至还可以改变一下时间。旅行之于我就像是在既定生活轨道上的偶尔偏离，他的妙处也就在于可以在分歧出的那条小路上短暂地享受一下人生的"不一样"。他可以让你在无数的未知中肆意地穿越，穿越在那原本与你没有任何交集，却因你的靠近而开启的奇妙缘分里……

  此次"西行"的缘分也许要从"一路向西"的宣传语说起。看似简单的四个字却能从中读出些好汉的豪迈气息和壮士去兮的悲壮感，诱惑无比。可到底是因为王维的"西出无故人"？王之涣的"春风不度"？还是玄奘的"西天取经"？总之是说不清了，就这么定下了。

  有了上海到拉萨的48小时绿皮火车的经历，这回的杭州到兰州的26个小时似乎就变得格外轻松。离开江浙，列车以郑州为节点一路向西，过了陕西进入甘肃，沿途的风景早已脱离江南人的认知。贫瘠的黄土坡上奉拉着几点稀疏的绿，就像板桥笔下柱石上的青苔。后者的"少"是风骨，干净；而前者的"少"则是宿命，荒凉！

兰州——除了"面"的认识

到了兰州才知道如此西边的一座城居然是中华国土的地理中心；

到了兰州才知道这座黄河相伴的狭长形城市南北最近距离仅二三公里；

到了兰州才知道缺少浪漫气息的兰州市市花居然是玫瑰！

还有当地导游小杨对兰州的全方位介绍："吉祥葫芦牛肉面，羊皮筏子赛舟箭，古老水车晃悠悠，还有百合和陶砚。"

羊皮筏子，在黄河边上已亲眼所见，佩服人类就地取材的生存智慧，也终于明白了在那样急速的黄泥河道上是如何也产生不了酥手拂柳、莲动渔舟之闲情的。吉祥葫芦和水车之类的也都一一谋面了，而正宗的牛肉面却还是因为"人多店少，只此一家"而留有遗憾了。一清（指汤）二白（指配料萝卜）三红（指地道的辣子）四绿（指蒜苗和香菜）五黄（由戈壁滩上的蓬草烧成灰和成的"面"），看来只能是怎么来就怎么离开了。

一湖一世界

出生在水乡，山塘水库见多了，"湖"在心中很多时候也就是一潭水的形象。可到过西藏后才真正明白了所谓的"神山圣湖"究竟是怎么回事儿。

藏民不吃鱼、不随意嬉水，所以雪山脚下环绕着的每一处湖面都美得原始，美得令人膜拜。在那儿你完全不用高喊什么"五水共治"。你只要静静地在湖边待上几分钟，对，就几分钟！湖有多"净"，你的心就会有多"净"！当然，和蓝到逆天的纳木错相比，青海湖的美也许更真实一些。如果说前者是仙，那后者就是绝世红颜。

彩虹安处，雪山环绕，就这样，一个湖泊佐以方位便清晰地划分了一方地界（海南、海西、海北、海东）。这是因为一个湖而围成的一方世界。关于她的历史和传说，我最爱的就是日月亭听到的那一个：话说当年唐蕃和亲，文成公主远嫁松赞干布入藏，临行时父皇赐给她一面宝镜。嘱咐其想念家乡时打开宝镜即可见到长安。送亲车队一路西行，越走越荒凉，行至日月山，公主不由打开宝镜，看到热闹繁华的长安，勾起无限思乡之情，但又牢记和蕃大计，就毅然抛出宝镜。只见金光一闪，宝镜化作一片大湖，是为青海湖。也许是前人记得文成公主远嫁带给他们的一切美好，所以他们也想着把一切美好的东西一股脑儿地还给他们心目中与这神山圣水相匹配的美丽魂灵。于是，年长日久，大自然和人类一起赋予的美就在这里极尽融合，直到她，终成美丽的"传说"……

到达青海湖畔的"海南"小屋是在江南的日落时分，尽管太阳高悬，厚厚的抓绒冲锋衣还是需要登场。分到的那间屋子坐南朝北，背靠雪山，面朝"大海"，用文人的话说是"意境全出"。因窗外风景的诱惑，一行人顾不上旅途劳顿，扛上单反就直奔湖边。草地、牛马、湖面、天空、云朵，层次分明又界而未界。在大自然这个超能魔法师面前，眼睛一眨就瞬息万变。那一刻，已经来不及纠结是安静地看着，还是一刻不停地拍着，无论如何，想法只有一个：怎样不顾一切地记住眼前这一切！直到稍稍适应了这种美，身边的人才还魂似地开始拗造型，什么叠罗汉型、千手观音型、师徒取经型、各显神通型……应有尽有。

入夜，组织方在大堂空地上安排了一个锅庄舞会，在海拔3200米的地方一顿群魔乱舞后还是有些吃不消地回屋了。睡梦里，确乎听到了雪子的沙沙声，就像老人沙哑的嗓音在你耳边轻轻地诉说着身边的美好一切。可因惦记着第二天的日出，这场倾谈也就只能在凌晨五点匆匆结束。出门时看着黑云密布的天想着太阳怕是要罢工的，同行36人中的31人也许就是因为这般聪明认识继续着美梦。我们五人则是在经历了一场突来的大雨和一个小时云层似破未破的漫长等待后，哆嗦着回屋了。尽管身疲力乏，但相机中的美图分明在呐喊：即使等不到想要的风景，只要时刻有着等待的姿态，又怎会遇不到只属于自己的别样风景？

值得雀跃的是湖光跃金的场面还是出现在了我们白天的祭湖仪式上，在当地藏民的指引下，我们投宝瓶、挂经幡、垒玛尼堆，走了他们的形式填充了自己的内容，在不一样的世界里又一次许下了专属于自己的那份期待与祝福。

天空之境——茶卡

因宣传得美轮美奂，这一站也就成了我们此行取景的最大期待。茶卡，在藏语里是"盐池"的意思，它位于青海省海西蒙古族藏族自治州乌兰县茶卡镇。从地图上看，茶卡镇地处109、315国道交汇处，是古丝绸之路的重要站点，东距省会西宁298公里，西距州府德令哈200公里，被誉为柴达木东大门，是历史上贾商、游客进疆入藏的必经之地。在雪山草地间,盐湖业已因它的工业价值存在千年，而它真正被世人熟知的原因却还是因为近年来国家旅游地理杂志上的那一句"人一生必去的55个地方"。

近距离接触，才知道盐湖的美是有其苛刻性的。能拍出梦幻如镜般美片的前提是：1. 遇上一个水位不高的晴天。2. 不能有风。3. 就是一个衣着鲜艳会拗造型的你和一个懂你的摄影师。

一行人进湖的那一刻虽然湖面不静但还是艳阳高照的。沿小火车轨道走到人少处，大伙儿都纷纷"下脚"。讲究的花十块大洋买了鞋套，不拘的就直接"泡"。刚"嗨"了不到10分钟，就见远处乌云袭来，大有《西游记》里妖怪卷人的气势。没几分钟身边的人就已撤得无踪，可怜的我还没来得及穿鞋就被"定"在了原地，反正背包里有伞，心一横也就干脆把相机一裹一屁股坐在了铁轨上。雨滴砸在伞上还是有些狠劲的，抬头看着天水交接处半边覆雨，半边金光的奇景，我是真的醉了。可还没来得及大发感叹，雨云分分钟就不见了，阳光立马铺满整个湖面，神奇的是此时此刻竟没了一丝风的存在。调好相机果断寻找同样扛单反的路人，我就"卡、卡"地进湖。阴差阳错，就这样被我遇上了对的时间，站在了对的地方，也终于拼来了对的风景。事后回想：狂奔出去时没有踩到可怕的溶洞（同行几人都因误踩受伤）、抓住了仅仅风平天净的五分钟（拍完后随即又起风了）。又怎能不说是一种绝妙的缘分呢？

大盛之城——敦煌

从德令哈到敦煌，有近550公里的车程。"棉花糖"（大朵的白云）、骆驼草、戈壁滩、盐碱地，一路走来，即使隔着车窗，风景亦是不容错过的，也完全没有事先所说的那种穿越无人区的单调和可怕。尽管一整天都在车上，可惜是没多少闭目养神的时候。

车子到达敦煌市区已是晚上八点，许是对东坡笔下的"拣尽寒枝不肯栖，寂寞沙洲冷"印象太过深刻，明知此沙洲（敦煌的别称）非彼沙洲（江河中的陆地）可还是忍不住浮想。和德令哈一样，绿洲城市敦煌的人口也就十多万，是隶属酒泉的一个县级市，循着主干道不用两个小时我们就能把城区混熟，可这跟他的"敦之为大、煌之为盛"的"大盛"美名丝毫不违和。漫步在晚霞满天的古地，有初见妙街阁楼的欣喜，邂逅城标"反弹琵琶"的激动，"混战"沙洲夜市的酣畅肆意，吃到地道驴肉黄面时的狂赞，和那抬头见到飞天托举路灯时的惊奇。

现代人在这片土地上的生生不息与其曾经的辉煌历史以文化为网，铸就了敦煌带给每一个人的那种强大气场。那是一种与东坡在黄州对月孤叹截然不同的"沙洲"形象。就像季羡林先生说的那样：世界上历史悠久、地域广阔、自成体系、影响深远的文化体系除了中国、印度、希腊、伊斯兰，再没有第五个；而这四个文化体系汇流的地方只有一个，就是中国的敦煌和新疆地区，再没有第二个。我想，敦煌的强大气场无疑是来源于他历史性的多元、包容和开放。

【敦煌首站：雅丹】

这是西行中最感遗憾的一站。大自然在黑戈壁上的鬼斧神工是令人惊叹的，可旅游局与私人老板分账式的景区管理令参观形式的设计十分遗憾。地势抬升后风蚀而成的雅丹地貌幅员辽阔，已开发的参观点目前却只有四处。由于点与点之间的距离较远，景区配备了专属观光车，可规定参观的时间却少得可怜（全在10到20分钟之间），往往从下车地点到景点来回就已花去大半，这就使得整个游览成了真正的走马观花。更无趣的是若你想去一个制高点看看全貌，还得在140元门票的基础上额外再掏100元。同行的没有一个解囊，皆"呵呵"而归。

【首站插曲：路过玉门关】

从雅丹另路折回，路过玉门关，因"魔鬼城"的地理位置已属关外，这样看来，我们也就算是出过关的人了。

"河西四郡汉家持，姐妹雄关南北立，驼铃阵阵梦千年，软语吴侬入胡天。"看着如今孤零零的小方盘城（玉门关遗址）若硬要联想起曾经丝路要塞上的热闹和繁华恐怕是有些难度了。玉门关、阳关的驼铃声如今也早已随历史的风沙远去许久。只有那轻抚城墙的沧桑触感仿佛还在低低地告知远道而来的江南女子那曾经的辉煌存在……

【敦煌二站：鸣沙山、月牙泉】

相较于雅丹的驱车200公里，鸣沙山月牙泉则只距敦煌市区7公里。还在感叹出城就是沙漠的神奇时，已经被大部队拽上驼队了。看着这沙漠烈日我还真是缺少了弃队徒步的勇气，也许因此我也会错过许多别样的体验吧。

　　鸣沙山的驼队3—5人一组，一组由一人统一管理，秩序井然。与茶马古道上的骑行相比，在驼背上的感觉是更安全些的，也许是因为前后驼峰的存在，也许是骆驼本身的形象就已足够让人信任。如此体验式的沙漠骑行，怕是会给他日再见"风沙翻飞、驼队迷行"的画面储存更多的真实感。

　　在鸣沙山炙热又温柔的环抱中，月牙泉已静静地安躺了两千多年，"月泉晓澈"之美自汉朝起就为世人熟知，曾经的她因"月牙之形千古如旧、恶境之地清流成泉、沙山之中不淹于沙、古潭老鱼食之不老"而扬名天下。而如今零距离触碰这弯新月的我眼前浮现的第一画面竟然是干涸死寂的罗布泊。青海湖如斯，月牙泉如斯，在预知结局的故事中"她们"的美竟变得格外凄惨起来……为了甩掉这种不快的情绪，我于是找了个绝佳的位置，准备用心去感受这专属于我和她的短暂时光。

　　月牙泉的日落是在晚上九点左右，看着晚霞的颜色由灰白转黄蓝的自由渐变直至无比绚烂，我完全沉醉在大画师"太阳先生"的挥毫泼墨里。这种水与沙与天的奇妙绝景，用我的拙笔怕是真的难描其一。直至九点三十分，泉区的灯带准时亮起，那就又是一番难言的风情了。可这还不是最惬意的。晚上十一点，躺在微暖的沙山上，周身拂过轻柔的凉风，跷个二郎腿，或干脆把脚埋进沙子里，再把眼睛安放在无边的苍穹里，你就会真正领略到《月牙泉》里唱的那句"她是天的镜子沙漠的眼，星星沐浴的乐园"了。沙漠的星空绝妙得无与伦比，它是震撼的，也是完美的！

【敦煌三站：莫高窟】

　　尽管鸣沙山月牙泉带来的震撼让我们彻夜未眠，却丝毫没有影响我们第二天早起进发莫高窟的热情。这是此次西行散记中最难落笔的一站，也是最有意义的一站。

　　对于莫高窟而言，我不认为把听来的一连串故事简单地叠加再加入些自己的主观臆想就叫"了解",在那延续了时间和空间的博大艺术面前,也许是终其一生研究于它的专家反而更能较常人体会知之甚少的尴尬。更何况,只一天的行程,我是个连故事都远远听不全的人呢!

滚滚黄尘里,这个沙漠深处的陡坡就像个可供参观的时间"黑洞"。吸纳了在这里出现过的人类所有的才情,在遭遇了空前的劫难之后它终究还是从历史的洪流中走出来挺立在了世人的面前。

如今的莫高窟,已是一个每天接待来自地球村各个角落村民的国际性景点。景区的设计和管理是很棒的。大气的主题影片,震撼的球幕屏再现,精美的绝世壁画,有序的专业讲解,敦煌人正极尽所能地将这份属于全人类的文化遗产以最直观、最全面的方式展现给后人。

站在以"沧桑的黄"为主调的石窟群前,想着,能参与见证这个由信仰"始",因价值"争",最后终究会以时间"结"的古迹是幸运的。幸运之处也许就是余秋雨所说的:看莫高窟,不是看死了一千年的标本,而是看活了一千年的生命。可也总觉得他《文化苦旅》中对敦煌中人的功过批判处理得过于粗暴,所谓的"敦煌遗恨"也只不过是他作为一个文人的独立个体在主观创作时带给大家的一种情绪引导,错就错在好多人就以此为史了。细细想来,我之于敦煌是"曾经来过",而敦煌之于渺小的我也就只能是"永恒的记忆"和那寥寥的笨拙文笔了。

【天下第一雄关——嘉峪关】

离开河西之西——敦煌,沿着古丝绸之路一路往东,分别为敦煌、酒泉、张掖、武威(是为西汉所立的河西四郡)。早就听说"敦煌的葡萄瓜州的瓜",没有在热闹的沙洲夜市买上一个应景的夜光杯,却有幸在敦煌回转嘉峪关的路上尝到了瓜州的瓜。而那时,我们就已到酒泉地界了(瓜州隶属酒泉市)。当晚入住酒泉市区,憧憬着第二天的目的地——天下第一雄关。

作为七大奇迹之一的万里长城，最早修建的历史距今已有两千多年，那是春秋战国——一个战火纷飞、诸侯争霸的年代。自此，历朝历代为了加强防御，都会修筑城墙。如今，在甘肃境内，现存4500多公里的城墙，分别是战国、秦、汉、明四个朝代修建的，而嘉峪关则是明长城的西起点，与东起点"天下第一关"之称的"山海关"遥相呼应。虽没到过山海关无从比较，但"雄"之一字，嘉峪关当之无愧。

作为丝绸之路上的交通要塞，嘉峪关整个关楼分内城、外城、城壕三道防线，重叠并守，壁垒森严。外城大门额题"嘉峪关"三字，内城东西开"光化门"和"柔远门"。那光化楼、柔远楼和嘉峪关楼均为三层三檐歇山顶式结构，形式相同，一贯排开，彰显着天下第一雄关的雄壮气势。

独自置身在关塞之外的土丘上，看戈壁荒漠映衬下的嘉峪关，眼前是仗剑天涯的孤独侠客，还是大漠孤烟中的金戈铁马？是走南闯北的驼队商旅，还是无比虔诚的修行僧人？那厚厚的方石板上，辙出的是一道道迥异的人生，印下的是一段段沉沉的历史……

【祁连梦 丹霞情】

赫赫有名的祁连山脉是历史地理书中的必读。话说"祁连"系匈奴语，匈奴呼天为"祁连"，祁连山即"天山"之意。又因其位于河西走廊之南，历史上亦曾叫南山。坐落在青海省东北部与甘肃省西部边境的祁连山脉是我们此次西行的忠实旅伴。旅途中看到的连绵雪山（海拔4000米以上）基本都属于她的怀抱。

你能想象吗？清早起来远处的山脊是因昨夜大雪而描就的一道令人惊奇的银线。那山顶飘雪山腰结成的冰晶在阳光的挥洒下瞬间消失又是怎样的一种神奇。不，这还不够！在祁连的怀抱里，在黑河的滋润下，还孕育着一片神奇的土地——张掖！这里有亚洲最大的军马"工厂"，有中国最美的油菜花海，更有那气势磅礴的七彩丹霞。

蓝天白云为幕，远处的雪山为辅，金色的阳光下，当你置身在万亩花海和无边的草地时，当真是应了那句老话："不望祁连山顶雪，错把张掖当江南"啊！

没看过张掖的丹霞时，一直觉得家乡新昌的穿岩十九峰就是典型的丹霞地貌了。奇峰林立、俊秀挺拔。可到那儿一看，傻眼了。丘陵铺地、纹理斑斓，这也叫丹霞？！可这个由红色砾石、砂岩和泥岩组成的大调色盘正用它独特的"色如渥丹，灿若明霞"在向我们大肆宣告，它，就叫丹霞！以"丹"为主，什么紫红、淡红、粉红，再衬以那红黄、红白、黄白，再洒上点金色的阳光，简直绝了！在夕阳的余晖下，所有来这里的人都会被这里的"红"，染上一份明亮又愉快的心情，直至最后由衷感慨：张掖，我们不虚此行！

走马看西宁

离开张掖，再驱车300多公里就到西宁城了，这是此次西行唯一经过两次并驻足停留的地方。整个西行途中，青海湖最冷、西安最热，西宁的气温则是最适宜的。作为青海的省会城市，在此之前我对它的了解是少之又少的。

留宿了一晚，吃了墨家街的烤羊排和馕，爬了可以俯瞰全城的土楼观，加上早先参观的那个有名的塔尔寺，印象最深的反而是那满街的回民和大大小小的清真寺。

西宁的塔尔寺之所以有名是因为他是中国藏传佛教格鲁派（黄教）创始人宗喀巴大师的诞生地。而我对于藏传佛教的了解恐怕要追溯到前年的那次西藏之旅了。在神圣的布达拉宫听扎西诉说着迷一样的仓央嘉措时我的心便早已与他同行。

在西藏佛教的几大分支中，有莲花生弟子所建的宁玛派，有强大一时的噶举派和萨迦派，也有兴起最晚由宗喀巴大师创建的格鲁派。而正是格鲁派创建了后来我们所熟悉的关于达赖和班禅这两大活佛的转世系统，此后才有了一世达赖根敦朱巴、二世达赖根敦嘉措、三世达赖索南嘉措……六世达赖仓央嘉措……的存在。

佛教的教义导人向善，讲究轮回，而当我们走进整个西北最大的伊斯兰教建筑——东关清真寺时，对于信仰的了解，似乎又变得更加丰富了。

据寺里热情的信徒介绍，这个古朴雅致，富有浓郁伊斯兰特色的清真寺，光是大殿就能容纳3000多穆斯林同时进行礼拜，算上殿外加街道上信徒们的自发队伍，2012年的东关大寺留下了让人震撼的30万穆斯林完全自发同时礼拜的壮观场面。

在西北的辽阔土地上，很多教义是融会并存着的，他们之间各有各的信奉，各有各的表达和坚持。但当一切教派撇开被利用和被干扰，以最友善的方式引导着世人时，这个世界必定是祥和无比的。感谢西宁，感谢这块土地赐予我的深刻与思考……

绕不开的古城——西安

终于，该叙述此行的最后一站古城西安了。但愿我的散记读来不会令人产生戈壁般的荒凉感。

有人说，一千年历史看北京，三千年历史则看陕西。西安，这个有着七千多年文明史、三千多年建城史、一千多年建都史的古城是丝绸之路的起点，更是中华文明的重要发祥地。什么叫古城？那就是你一不小心被颗石子儿绊了一跤，捡起来一瞧，哟！石器时代的！就是这么神奇！走进西安，你就像掉进历史的一个漩涡里，左边是周，右边是秦，抬头现汉，脚下见唐。

因为只有两天的行程，所以不得不舍弃了华山和壶口，但却妥妥地走访了明城墙、博物馆、碑林和秦始皇兵马俑，还美美地享受了回民街的肉夹馍和酸梅汤。

明城墙作为景点的单一性对快节奏的现代人来说已经彻底成为自行车骑乐场了。说实话，登上城楼，绕着方方的城墙骑行一周，似乎也没换回多大的感触，远没有站在城楼下或远观楼上灯旗飞扬来得可感，但不可否认，它就像一本无字史书，与现代文明并行着，圈住了世界各地远道而来之人的心，也让古城的外在有了足够的古味！

西安历史博物馆除了周一闭馆，其余时间都是免费对外开放的。馆藏的文物据说多达37万余件，上起远古人类初始阶段使用的简单石器，下至1840年前社会生活中的各类器物，时间跨度长达一百多万年。文物数量之多、种类之全、价值之高，堪称奇绝！这本免费翻阅的历史实体教科书，想必也是每一个造访西安之人的必选。

走进馆内，从精美绝伦的商周青铜器，到千姿百态的历代陶俑，从独步全国的汉唐金银器，到举世无双的唐墓壁画，琳琅满目、精品荟萃。置身其中，你会为原古人类的奇思妙想而赞，为周秦汉隋的精湛技艺而赞，更会为大唐这个逆天的时代而赞，你也能真正体会一把什么叫"穿越"！直至随人流出了馆，人们一个个都还像游魂一样，把心全留那儿了。的确，如此美妙的饕餮盛宴，你用几个小时打包成记忆带走，却足够用一生的时间去回味和消化！

和博物馆一样，碑林里安放的无数国宝级文物也是够惊人的了，什么昭陵六骏，什么书法名碑，什么诗文辞赋，什么经藏典籍，随便指一个就够导说员讲半天的。见到这些，没法去谈那是什么，也无法用文字去描述当时的心情。用朋友的话说，那是一个能把人"化"在里面的地方！

西行的压轴景点，就是传说中的秦始皇兵马俑了。在西安市临潼区的秦始皇陵，从火车站坐306公交旅游专线需要一个多小时的车程，而现行可供参观的兵马俑坑就在皇陵以东的1.5公里处。在已发现的三座俑坑里出土了大量的兵马俑。走进就地而建的博物馆1号俑坑，顿觉地宫之庞大。大批"兵马"整齐地列队着，想着这仅仅是皇陵的冰山一角，不禁感慨曾经的帝国是何等的强大！

从一号到二号、三号，文武将士不同的级别，步骑弓车不同的兵种，基本找不到一张雷同的脸，连车马都不例外！工程之浩大，技艺之精湛，令世人称奇！根据讲解员的介绍，我们还了解到，原来因为历史上的众多原因，大部分的兵马俑都是以碎片形式出土，后由考古人员就地编号重组。而要重组一个兵马俑有时需要花去一个工作人员的一两年时间。

两千多年前的骊山，七十万人，近四十年的时间，铸就了一个世界性的奇迹；两千多年后的今天，数以万计的地球人，因为这个奇迹的发现汇聚到了这座城市，循着心跳踩踏在这方有厚重历史感的土地上。

人生，兜兜转转，但古都西安，注定是许多人一辈子梦想到达的地方，也注定是无数人生命中绕不开的那座文化古城！

〔写在最后〕

乙未酷暑，历时13天，西行7646公里，邂逅城池10座，单反留图2000张，赘文8769字，以作后忆。

一曲摩梭归何处

> 在过去，摩梭好远，但与我们的心灵却如此接近。而今，只短短一年，摩梭好近，却又与我们的心灵变得好远。这是摩梭人的错？还是文明人的罪？是小族群面对外界的必然？还是不管进去的目的如何，我们便已在摧毁她们的价值？摩梭人当然不必活在外人期待的眼光里，但外来人能不能更谦卑、敬畏地面对这自然与长期共生的和谐？
>
> ——林谷芳

十五年前，从室友的一本花花绿绿的图册里，我认识了一个叫杨二车娜姆的女人。浓直的长发披盖半张圆脸，大大的眼睛、宽厚的唇，最是那贴耳处的一朵红花盛放得叫人难忘。

据说她是第一个从川滇深处走向世界舞台的摩梭人，而直至今日我仍清晰地记得那本书的醒目书名——《走出女儿国》。自此，我的心里多了一个神奇的远方。

七年前，与朋友花半月去了一趟滇北，走昆明经丽江北上香格里拉，再有就是从丽江的茶马背上下来七小时车程到达了传说中依湖而建的神秘"国度"——泸沽湖。

初见泸沽湖是惊艳的。淡淡的天色，悠悠的湖影，天水间灵山钟毓，邈邈仙居。这就是传说中的女儿国？近了，近了，湖边客栈林立，岸边猪槽船成批，经营规模已然不可小觑。是来晚了吗？一纵而逝的念头最终被初涉的猎奇代替。我们也很快沉浸在相遇的欣喜里。

白天,坐猪槽船闲闲游湖;夜晚,循人潮体验篝火晚会。也曾沿湖漫步,听风沐阳,自然的滋养尚有余润,于是,内心滋生出一缕窃喜。

到了摩梭家访时刻,我们算是又更贴近了这个现实中的母系氏族社会。象征家庭最高地位的祖母屋里客人不走篝火不灭;13岁成人礼后的女孩可以拥有自己的花楼;最独特的就属他们的"走婚"。

"走婚"其实不能叫"婚",无嫁无娶的"阿夏"(女孩)与"阿注"(男孩)通情达意后,男方只能待入夜偷偷潜入花楼,赶在天亮之前离开。一妻一夫,生下的子女养在女方家。若这对男女分手,也可与他人重新走婚……漂亮又无法随意进入的神秘花楼成功地围住了远道而来的人群,讲故事的人自然也就更为起劲,就这样,不需多少时日,每一个走进摩梭人院落的客人便再也看不见院墙外结满果子的苹果树,也再也听不到摩梭织女们那来自远古的机杼声了。

那一刻,我知道"摩梭"也沦陷了。

再后来,走马一样的船只搅碎了圣镜,云脚深处的神山丢失了性灵,年轻的女郎从"摩梭"走向了"摩登"。木愣房、百褶裙形在魂失……就这样,当丽江活成了"艳遇",摩梭只活成了"走婚",一个又一个带着原始骄傲的文化基因在单一又强大的"经济"浪潮里难觅踪影。有那么一刻,我后悔了来。以后也不会再去。

人生有许多欣欣然而去又悻悻然地离开,渐行渐窄的古道上赶马人的笛声早已远去,大山深处一座座高架还在寸寸地延伸,初见不易啊!一曲哀歌,归何处……

老　街

　　童年的记忆里，老街就是那每天清早转角大妈家的豆浆和油条；是那爱美女孩心目中琳琅满目的发带铺；是尽头那家名唤"春蕾"的照相馆；更是那从街头到街尾都能一一叫出我名字的张张笑脸。

　　也许，在老街里混大的孩子，骨子里就带着一种对老街的特殊情结。所以，长大后，每到一地，但凡听到"老街"二字就会迫不及待欣然奔赴。然而，无论是穿梭在玉龙雪山下的丽江古城，还是行走在典型的江南水乡南浔、乌镇之类的老街，总难免给人一种"美则美矣，实则缺魂"的感觉。原因无他，那是过度商业化的发展给老街带来的有形无韵的必然结果。谁说只要凑几间木屋瓦房就能叫老街？谁说摆几个卖雷同商品的铺子就能叫特色？正当我陷入每一次的追寻又俨然未果的困境时，它的出现终于打破了我内心相持已久的僵局。

　　临海紫阳街，因纪念宋代南宗道教始祖紫阳真人而得名，全长1080米，是横贯临海老城区的中轴线，也是千年台州府所在地的一条又宽又长的台州府街。无需门票，全敞式纯自然的商、旅、居是这条老街最大的特色。也正是这种真实可触的浓浓生活味，才让这条老街散发着无与伦比的魅力！

　　清晨，当第一缕阳光从街头快速跑到街尾时，老街就开始慢慢苏醒……

吱嘎的木门声、自行车的铃铛声、古井边打水洗菜的哗哗声、早餐铺油锅里的噼啪声、老太太们关于今天吃什么的讨论声不绝于耳，老街的人们就在这质朴的青石板上踩踏出了新的一天。

　　序曲过后，商铺就陆陆续续地开门了。跟老街的房子一样，这里的很多店铺和手艺都是代代相传的。从剪纸到打秤，从弹花到做饼，从笔庄到银楼，没有几下真功夫可还真对不起这"祖传"俩字。吃穿用度在这条千米长的老街上是一应俱全。人一直在，根就深了，根深了，味儿就浓了，味儿浓了，老街的"韵"自然也就全出来了。

　　看，那早起的老人们，此刻，一切都已忙完，就剩下搬条椅子在自家门口晒太阳了。

　　老屋，老人，只需往那儿一坐，拉长了的影子就像她身后那串长长的故事，更别说门上还有那斑驳可见的时代印记了。那是一种尘埃落定后的静美，更是一种喧闹纷繁后的沉淀。这种质朴的美就如同你看到青石板上磨平的凹函般引人感慨，发人深思。她有一种能让你内心无比躁动同时又感到无比安逸的魔力！

　　这种魔力，自然也惠及了这片地界上的其他生灵。暖阳下，懒懒地躺着，偶尔用惺忪的睡眼瞄几下过往的行人，相安、无惧、又继续懒懒地躺着。同行的人不免个个感慨：在紫阳老街，即使是做一条小狗也幸福地令人生羡。

　　除了其他老街也有的黑瓦灰墙，青砖木门，紫阳老街的厚重更表现在它那信步可数的历史古迹。这里有纪念宋代紫阳真人的石碑和石桥；有建于明清年代，历经沧桑的古井；也有民国时期的店铺银行；更有那祖先们用智慧创造出来的一道道别具特色的"坊"，从奉仙坊到清河坊，五道一字排开，既通车马，又做防火墙，还能代替地名，如此巧妙的设计也早已成为了老街的一大特色。

　　扛着相机，穿梭在这样一条质朴、厚重的老街，你会从抬头偶见的串串腊肉中嗅出老街人对生活的热忱；你会从四代同堂的画面里读懂什么叫和乐与安宁；你也可以驻足在那随处可见的雕栏画柱前任思绪翻飞，穿越千年。古人、古事、今人、今事，以老街为画布，着时间为画笔，绘制出一幅古色古香的历史长卷。倘徉其中，真是美哉！妙哉呀！

老街（俞赛琼摄）

有一个地方叫芹川

2016年的第一天是从环游千岛湖开始的,在淳安境内遇上了一个保留完好的徽派建筑群是纯属意外。因为这美丽的意外,让我的记忆里从此多了一个叫"芹川"的古村落。

自元末明初王氏始祖迁居建村,"芹川"迄今为止已有800多年的历史。

我不知道第一个"外人"发现这里时是否会有一种"武陵人"的感觉,尽管如今的芹川已因慕名而逐渐喧嚣,但因为有了"保留"二字,它仍然是世人眼中难觅的"世外桃源"。

在这里,"物是人非"这样的词语似乎已失去了存在的意义,拉长的时光里外来的人们能充分感受到时光凝结的神奇。

在古村要么"人去楼空",要么"异化污染"的时下,芹水川流的小村还聚居着500多户,1800多人简直算得上是一个奇迹。

狭长的山麓之间,一条小溪宛若衣带飘贯全村,"王"字形的村落布局,一步一景的"小桥流水",不得不让人叹服王姓祖先们的独具匠心。

我们一行是踏着暮色进的村子,入住的民宿主人热情和善,眉眼间有着可以忽略他是商人的一种淳朴。入夜,古村似乎也固执地保留了早歇的作息,除了几盏亮堂的路灯外就只剩下慕名而来想要亲近他的背包客了。

因水得名的"芹川",也因水而长久。流经每户人家门口的这条小溪是全村的生命之流。因为有它的存在，整个村子才有了鱼龙般的灵动。

　　清晨，村民们的一天就是从水里开始的，刷牙、洗脸、淘米、刷锅，每一个埠头都会有一个一边忙活一边热聊的身影。晨曲散后过渡的是那一缕缕"律动"的炊烟，接着便是一人一碗桥头边吃边侃的高潮了。

　　日复一日，年复一年，小溪用它奔放的性情包容了村民们的一切，难能可贵的是，我们也看到了一早在溪水里打捞杂物的勤劳身影。我想，这便是千年老树和明清古居依然存在的原因了。

　　这是我第一次近距离接触徽派的古建筑群，砖木结构的房子，大多三开三进，两层楼。一般前后厅各有天井，中厅与后厅有屏风相隔，古朴、讲究。当然，最吸引我的还属它的外观：远看，粉墙黛瓦、檐角飞扬；近看，雕画结合、文图皆美。素雅中见智，淳朴中显真！可谓个性独树，让人见之便再难忘怀。

　　芹川——一个保留了古迹更保留了人之"初心"的地方，感谢我们的不期而遇！是你让我更明晰了旅行的目的不只是遇见设想的"惊艳"，更多时候还在于邂逅意外的"惊喜"。

　　芹川，期待再寻，切勿未果！

浮光掠影——金陵

  浮光掠影，三月金陵
  秦淮十里，暖树争莺
  王谢故居，乌衣巷井
  玄武晓月，古寺鸡鸣
  颐和公馆，文枢贡院
  中山陵前，主义三民
  ……

  在地铁开上了高架的惊叹中，列车掠过古老的城墙，我第一次走进了这座陌生又熟悉的城市。

  没有摩天大厦、不见金碧辉煌，南京古朴如一树千年老樟，内藏暗香。

  到的那一刻方知，原订的商务酒店其实就是一家单门面的小旅馆。四楼，没有电梯，逼仄的楼道，有限的居住空间，陈设老旧，给人一种扑面而来的年代感（难怪我大"新"昌的物价居高不下呢！）。室内，窗临一小区，翌日清早生生被两只猫的深情对话搅醒，倒也没有厌意。

  老家县城的特色小吃是相当地道的，因而以往出门总觉得早餐会是个大问题，然而在这里，显然一切都不是问题。温柔的晨光里，摊主被我这刘姥姥进大观园的稀奇劲儿逗乐，热情地给我讲解她手上的绝活。这种类似我们这儿"米糕"一类的东西叫什么名儿听了几次我都没听清，唯记得它的糯，它的香了。

新的一天，就在老街遛鸟儿人的轻盈中开启。

夫子庙，在秦淮风光带上。与京城的孔庙相比，多了几幅玉石壁画，几尊夫子门生像，少了的两列苍劲肃穆的幽柏被门里门外的彩灯替代，慕名而来之人至少进门之时是很难再产生什么代入感的，但这样的布置倒与外围的河影风光揉在了一起。

从桨声灯影到马达电光，昏黄欸乃的缠绵气息被喧闹炫彩的动感代替，从古至今，游人如织，只为她唤作"秦淮"唤作"金陵"。一些人从这里走出，走进了历史，走进了千古人心；一些人慕想靠近，靠近旧事寻了新梦，只为梦里能邂逅人生，遇见未来，照见更美的自己……

江南贡院，中国古代规模最大的科举考场，与夫子庙毗邻。

几百年来，这个能同时容纳两万多名考生的场所里走出了800余名状元，10万余名进士，上百万名举人。实实撑起了明清时期的半个朝堂，天下文枢，名不虚传！

如今的江南贡院，已然成为中国唯一反映科举制度内容的专业性博物馆。整个馆建纵深地下，极富质感。

谜一样的过道，无比丰富地实物，全方位生动地呈现了科举的始末。制度之严谨，涉及之广泛，堪称人类史上一大创举！

出了贡院，乌衣巷井，王谢故居离前两处亦无多少距离，陈列不少器物。

此行的一站古鸡鸣寺，离玄武湖不远，因"南朝第一寺"之名趋往。东晋古佛庇佑下长大的我从小对古寺庙情有独钟。

一朝开国之君（梁武帝）视佛教为国教，于是便有了以建康为中心向外辐射之"南朝四百八十寺"之状。（10元门票送三炷香，与明城墙相邻，时间允许，可以一走。三月底四月初为最佳，因此时道旁樱花最甚。）

玄武湖，据说是中国最大的皇家园林湖泊，仅存的江南皇家园林，有"金陵明珠"之美誉，皇家禁地如今早已成为百姓乐土。

日落入门，月升出园。洲湖林立，樱柳遍地。印象最深的还属那乐翻了天的高大梧桐。

玄武湖的日落是壮美的，因明城墙玄武门的映托；

玄武湖的月亮是迷醉的，玉兰花海之中难寻归路；

玄武湖的鸟儿是幸福的，曲径里散步如临朝般自如……

位于钟山景区的中山陵，似乎是来南京必到的地方。因其改天换日而举国敬拜。

同属钟山景区的明孝陵前，也是人头攒动，明朝开国之君的桩桩件件亦如那享殿前的断柱，过往已逝却扎根入土。（当然，此处最让人印象深刻的还是那震撼的神道石刻。）

先锋书店（五台山店），是此行的最后一站。

范儿足，场感佳。据说还被美国CNN和《国家地理》同时称为"中国最美书店"，在最近一次的全球十佳书店榜单上，更是全亚洲唯一上榜的书店。

创办于1996年的先锋书店，前身虽只是个破旧的防空洞，但如今，阅读区、咖啡区、礼品区……这个为读者打造的极具人文关怀的书店因其匠心独具，圈粉无数。

走进书"殿"，才知道我这个"读书人"是从没读过什么书的。

那殿堂式的设计感，被书海淹没的无助感，空旷天地里的渺小感。直逼得我这个走马观花的异乡人"仓皇逃离"，直至最后，眼前唯剩两个书名——《书里乾坤》《人是可能死于羞愧的》。

[后记]

初涉金陵，因自身之浅而知古城之深，有生之年，当复往之。最后，颐和公馆十二片区对外开放的民国公馆，独具风情，亦值得走走。

山　韵

先生2009年5月去的黄山，云海，日出，繁花，怪石看了个遍。回来就"扬言"再也不用去黄山了，一则膝盖陈伤再受不了；二则说该看的都已看遍，以后若再去就只是陪你到山脚你自个儿上去吧。言语间满是看透黄山的豪气。

这些年，东疆西域滇南藏北转了遍，去年都自驾到黄山市区了，许是机缘未到还是未进山门。如此，黄山之旅亦终是惦记成情结了。丁酉正月，时间、天气、人物、心情，一切刚好，一场夙愿之旅得以成全……

旅途的美，从来都是美在"未知"，"未知"为"谜"，因"谜"而无限向往远方，远方因而才会变得格外"迷"人。

就像敦煌的壁画，精妙绝伦，美在技艺——技法失传视为"谜"；而黄山之美，他山仰止，则美在万变——大象无形亦如"谜"。

冬日的黄山，安静，尽管正月间每日里满负荷的极限人流。可很多时候，越喧闹会让人觉得越安静。那川流的人海与黄山之间似乎并没有太大的关系，他就像一位慈眉的长者，静坐在天地高台。闲时不语，得遇有缘之人，方始对弈品茗。

初登黄山，没有日出，只有迷雾之中清风拂过山形若现的惊喜又如何？不见斑斓，只有不断地明暗深浅一片黑白又怎样？旅途的美，原就只与何人赏景有关。

许多时候，邂逅一处绝妙的风景就像遇见一位内涵、气质绝佳的可人儿。相对而坐，什么都不用说，彼此懂得；相视而笑，怎么看都有味道，有收获。

如此，处在四季之中的黄山就是一部囊括了中国整个山水画史的蓝本巨著。从重色、淡彩再到水墨。什么青绿、金碧、没骨……该有的样子他全都有了。不得不说，下得山来再次翻看先生拍的那些明朗、大气的春日片子时，似乎早已没有了初见时的那份惊艳，也不知是不是因为自己受冻扛回来的片子更可贵些。想来，我见的与他见的看似不一样其实也一样。

不过，总体而言，我还是更偏爱如水墨般的冬日黄山。

之后的日子里，每每想起似乎也总能在俯仰间，见缥缈山石之上一须眉皓齿、衣冠甚伟的老者，与我举杯对饮，无声、有声，甚欢而谈……

山川诞生人文，人文丰富山川，人们在山川人文中寄予哲思，在天人合一中智慧前行……

离雨　遇和风

　　雨，从 2018 年到 2019 年。

　　离雨到达"菊"与"剑"的国度时，戊戌的缝隙里整整遗落了一个小时。太平洋上的风像帆一样扬起，这块挂在深蓝里的陆地与国人间，的确有着太多的缠绕，时牵时扯。

　　那只遥远的风筝始至遣唐，甚或更远，而那股撕扯不止的蛮力则近不到百年，且始终被指未来。

　　此行原为和一曲唐风，又受人之托捎带些"药妆""马桶盖"。

　　对一地的认知若要从扁平走向立体，久闻终不如亲历。好友家安置在新大阪，轨道交通发达的国度出行是相当便利的，尽管费用不低，但贫下中农的薪资一族尚还可承受。大阪、京都、奈良，去了天守阁、四天王寺、清水寺、东大寺……朋友嬉道：你这又阁又寺的是要寻一地出家吗？我笑语：不会，这些地有时比红尘还要红尘，不适合，寻些会说话的古物就好，很多时候物比人有趣。

　　大阪的四天王寺据说是日本最古老的官家寺院。南北中轴上中门，五重塔、金堂、讲堂一线，外以回廊环绕，据说这样的建筑模式与我朝颇有渊源。地方不大，人不多，适合随意坐坐。

　　京都音羽山上的清水寺就不同了，山名和寺名都极尽诗意，主供千手观音但极少示人。此寺相传为玄奘第一位日本弟子慈恩大师所建。主殿的几根大柱一人皆无力合围，外围 139 根立柱在山腰撑起的清水舞台也被视为国宝。这段时间主殿正在维护，但想着这多震的国度里竟有如此宏大的木构建筑也是称奇。都说此处春樱秋红之时最美，年结之际，天蓝气清倒也不错，只碍于游客如织。

通往山下的商业街，到处都是穿着浴衣的外国游客。朋友介绍和服与浴衣，前者正式，精致，后者顾名思义便捷，简易。想想，美人木屐小步缓行本是一副曼妙景象，怎奈人头攒人头。

京都多寺、多庭园、多小巷，八阪神社祇园祭，清水寺北地主神（土地公）皆求姻缘，也是热闹非凡。

若要看"鸟居"则必去伏见稻荷大社，鸟居一般分两种："开"字第一横为平的叫"神明"，翘角的叫"明神"。

去奈良必去奈良公园，国立博物馆、春日大社、东大寺等都在这块区域，将行人与这些景点织在一起的是一群又一群优哉漫步的小鹿。花150日元买袋鹿饼，梅小鹿们就会围着打转，左摇右摆，好多还能向你点头讨要，模样可爱得紧。若嫌闹腾还大可避开人群寻一僻静地与三俩小鹿独处，想象一下：公园、草地、阳光、长椅、安静的梅小鹿和你，也是惬意。

距今一千二百多年的东大寺，平地独立，颇有气势，据说是唐鉴真和尚设坛受戒之地。空乘两小时就到的现代旅人真的很难想象当年的他是怀着怎样的弘法之愿九死一生才踏上了这块土地。佛法、医学、建筑、雕塑……在他乡，一个人实实活成了一个时代的文化屋脊，在异族的历史上刻下了重重的一笔。

与其渊源更深的当然还有唐招提寺。与东大寺相比，唐招提寺古朴、祥和、舒展却不张扬。据说一直有要看真正唐代建筑就要去日本的宣传，后又有国人遍寻力证山西五台佛光寺主殿也是。还有人议论说这么多年过去，都不知道翻修多少次了，结构和木头还能是原来的模样吗？于是又想到人活着细胞每天都在更替，今天的你还是原先的你吗？一切都在一切似乎又都不在了……不管怎样，众人皆提是因为它值得被提。

南朝四百八十寺也好，日本本土神道示弱佛教兴起也罢，皆始于政治，归于历史。历史的起落让鉴真从东大寺去到了唐招提寺，但他毕竟是个应该极受尊重的存在。生命的最后几年里他仍在寺里讲律，在异乡充分地完成了他自己。

一千多年过去了，他的身像前有佛门弟子每日的晨昏敬诵，从未间断。他安息的那片松林郁郁青青，林中苔绿水净。人到底是留下了，来自故乡扬州的琼花也已开遍了异乡，但那"魂"怕是早已在面西圆寂的一刻回到日思夜想的故土了吧。

奈良是多佛像的。卢舍那佛，观音尊者，天王，护法……飞鸟时代的建筑，奈良时代的佛像。曾经，学习让文化从高处向低处流淌，在交流和吸收中滋生成长。如今，我们又从他们的慎重保留中寻见了曾经的自己。

我不知道律宗对日本的影响到底有多大，但那防非止恶的教义于现在的日本民众身上亦是不难体会的。

极致、有序是我此行最大的观感。

极致，严苛于己是强大。大到民族核心性的精神文化；小到一个汤勺的设计，行走间一双双锃亮的皮鞋。地铁里随处可见的阅读，住处灯具的明灭亮度，出行巴士的高低适度，地铁女性的专用车厢……生存环境的舒适度就是一个国家的发达程度，舒适始终匹配文明。

日语的发音基本靠前，音调又多上扬，带拖腔。加上90度身形和标配的笑容，放低了自己抬高了对方，但其实恰恰相反。身处一众的笑容里，你的表情和态度自也会变得糖分十足。总体感觉街头常见的有序表情分两种：高冷和高糖。

这个追求幽微的民族，把禅之一脉也是学成了自己的特色。地方不大，利用合理；空间不足，收纳有序。当方法无限放大困难就被极尽缩小，生存衍生出创造，这也许就是他们生活中无数个精致小心思的源头。

在大阪的各大商场、超市里泡着，钱包的瘦身效果是极佳的。

无论怎样佛系的人儿进去似乎都逃不过花花世界的"纸醉金迷"。吸引是因为优秀，东西也是如此。

混迹大阪京都奈良数日，松胆去了趟河口湖，为了见见那座赴日必看的富士国宝山。

小镇晚上七八点钟就已安歇，没有哄闹的商铺，更无沸腾的娱乐场所，即使要买点小纪念品也需待第二日睡醒。饭店之类的也是任性地正常打烊。任何事物最怕对比，这又让我想起好多曾经到过的地方，那样无度，那样疯狂，那样走样。

寻自然之景，全凭偶遇，林芝南迦巴瓦的遗憾到底是种下了，此行又会如何呢？第二日早起，云雾缭绕，跑至最佳见面点时得遇羞涩又有些调皮的她，湖边静静，她也静静，静到能听到彼此的呼吸。其他人呢？或睡着或也在某处安静地看着，这种静静的感觉真好。不多久她就不见了，午后，还飘起了雪花似在亲抚云被中的她。朋友说，你运气真好，我们去时根本没有照面。是呢，山口没见至少看到了山腰，若是此行只此一面，也应知足。

原本只停留一晚的计划是被一个叫未希的女孩儿打破的，缘分就是这样，有人走就会有人来，来来往往便是一生。

我喜欢叫她小希，小希身边有他的朋友子豪，还有湖翠苑里那位被他唤作姚哥哥的有缘人。于是我们一起去美术馆，听歌剧、看影展；于是我们赏湖景、看烟花、泡温泉，聊天聊地到很晚。第二日一睁眼就见到了热情又坦诚的她——富士山。一切都是刚刚好的样子。樱花在路上，梅花在身边，白梅树下远眺雪景里的清晰模样，映在湖里的是那颗扑通跳跃的山心……

旅途的意义永远在于未知，半月见闻，喜欢的事，想去的地方，那些要感恩的人儿都裹紧在记忆里。道一声再见，珍重！

成全自身生命意义的路上，可拥抱，不依附。

梦里，雨停了，一阵和风吹过，大山深处，给孩子们上课，雀跃，银铃……

且以清风伴明月

富士山雪景（俞赛琼摄）

铿然　一棵树

全世界的雨都奔赴了江南，茂，如夏木。

幽巷深处，季节砌墙，过客散装。一个人一把伞，心里住着一棵树。

初见，五月，只翠间一蕊，便万般娇羞。群鸟枝头，啾啾。

那样的你分明属于山林，却又偏偏很是人间。

你羽状的叶，片片相对，昼开夜合，雨时抱守。

你簇丝而成的粉扇，朵朵团团，风过曳曳。

时时，日日，镜外，窗前，满心满眼。

遇上你的那一刻，我正学着与世界分离。因而，我们默默相对如此纯粹。

不必小心翼翼，我们打开全部的自己，你的脉搏，我的心跳，你的朝晴，我的暮雨……就这样，我看着你就像看着我自己。

你说：新绿出，枯黄蜕，繁花后，落英驰。

你说：粗干韧枝，身要正心得柔。

你还说：世间别离尽，万物合方悉。

千百年来，人们知你解恚，却总频添新愁。只因他们何曾懂得，你的盈盈浅笑间立的是娇而不媚之骨，循的是任他明月之意。

日夜倾谈，黛瓦灰墙里万古人事。纷落轮转无穷极，了了然你心。

从此，五月的江南，我置身全部远道而来的雨，一人一伞一棵树，铿然。

林逊

如木，如人

山水里蕴大的孩子，生命画卷里多是寻花问树之事，若钤之以印亦该是草木鱼虫。

老家临水，江边多植朴树，说是植，东一株西一树倒也更似随缘自起。许是长伴沙堤，当地人都叫它们沙朴树。

立在堤岸的沙朴树腰杆直，初秋挂一簇簇小绿果，入了冬，小果由绿转黑便可食。记忆里，每至果熟，不管树有多高，只需毛竹一杆往结实的树丫上一靠，不分闺女小子，噌噌几下便能成事。蜜甜，还带点粉糯，含在嘴里捧在手心的"沙朴"确是娃们美味的童年。

朴树生长慢，一棵能禁得起孩子们如此"钦慕"的树少说也得上百岁。记事起，百岁的壮汉白天护鸟入夜抚民，日日过往堆叠，他也慢慢变老。在江南，老树是一个村子的魂。古枫、古樟、古银杏……光织叶穿，故事就这样绵延。

幼时，草木于我是天王的宝塔诸葛的羽扇，供给无穷"食、赏、玩"之力，识文后，由折行走天地，他们又常赋我以身心修复之能。王开岭先生说多识草木少识人，我深以为然。前一半打小便知，后一半则是多年后才次第领悟的。

傲然凛冽里看松，影影绰绰里赏竹，约梅花洲1200多岁的银杏，访国清寺1400多年的隋梅，最是那山城大佛寺内的几株蜡梅，十数年了，每岁必邀，邀则必醉。

寻香，适宜独往，晴雪朝暮，尽揽其韵。

花信一至，城隍庙门口的如孩子，热闹；佛寺石狮子边的是姑娘，腼腆；天雨妙华正对的，俏皮；大雄宝殿外的，格外沉稳。那弥勒座下，祥烟袅袅，若遇雪羽冰姿，更是瑞霭缠绕。存有弘一法师题词"天然胜竟"的新社里也有一株，不知出自谁人，只远远会意。

最是那凿岩而成的濯缨亭前，天蓝云淡红木乌瓦，一身玉质的800年朱梅辅以威严的石壁，宛若数千公里外的断崖莫高，人唯驻于此"越国敦煌"四字才真正得以映现。设若约的是一月夜，一丛灯光滤过清枝，那壁上的水墨与石色相携，似有徽宗神韵，灵秀、绰约，直沁人心，久不能去。

南方的草木就是这般温人性情。北国的呢？固人品质。

那阿勒泰的白桦、额尔齐斯的胡杨，那云杉、那巨柏，那用心丈量的每一寸辽阔土地，都让自己变得更为深远。

时间的加持会使珍贵的质地变得更有分量，亦可让曾经灿然的心灵枯化漠然。

无论如何，那些内在、特质、密度、硬度我们都要努力存留，如馨香的木，做鲜活的人。

雪中蜡梅（俞赛琼摄）

看，雪中有人迹

　　连日阴雨，江南的冬是认真起来了。

　　人人在传，今年的冬会是极寒的，那凿凿的样子，在一个也算领略过极寒的人面前似也漾不起太多涟漪，毕竟自然与冰冷的人性比，后者更显狠绝。

　　终是站过来了的。彻骨的记忆也成了承受之人的生命玄机。

　　那个说过"一个人，要么孤独，要么庸俗"的人还说过：人生的前四十年是一本书的正文，而后三十年则是对于正文的注解。这么看来，跌宕的正文似乎已过大半，唯期这注释能足够精彩了。

　　那日，一北方朋友追问：你们南方难得下雪吧？"下的。"我驳着，"只是那雪也更似南方人的心事：不漫卷，小纷扬。"朋友接道：初见你时，你脸上便常是那江南雪的样子。

　　"是吗？那或是宋朝下来的雪吧。"我似乎又扬起了那样的表情，"飘落的孤独，落在了无数文人的画上，也终是落在了万千世人的心上。每一个饱满生命面前似乎都有过那么几场难忘的茫茫，在万籁俱寂里，我们或许更能看清自己。"

　　话是说给朋友听的，更是说给"冬日"的自己……

　　两年前的"冬"，过去了。

　　一年前的"冬"，也过去了。

　　分离，远去，相聚，缘起，聚拢的烟火，摊开的人间，清晰知道自己身在何处，又如何站立的人，会是有幸的吧。

这般寒气逼人的夜，拥一方静案，可在文字里鱼跃千年，亦可在现实里听邻居小女孩学步于琴键，那 11-55-66-5，44-33-22-1 的节奏不就是历史，是人生，是你，是我，是无数个轮回里的不断前行……

　　看呐，那茫茫雪景中有人迹——那人啊，正努力活出写意人生里的一点诗意。

月铭摄

她们都该有名字

阳光正好,春风不妖。上班的步子也踏出些平仄。行至一必经路口,遥顾灯色,预演快速通过。

此处红绿灯与斑马线向来都很无辜,路宽、灯急,人们都恨不得自己腿长一米八。

绿灯亮起的瞬间,我仗着小女子的轻捷拂到离"岸"两米处,成就感都快登场,偏偏算漏耳边一曲欢快的《走进新时代》,内心一万句传音:"今天我穿了红色,红色!""哗"一声扫过,鞋袜无辜,洒水车扬长,敌人石化在"冲刺线"上,拿了"冠军"又怎样!

几十年浸染的那颗鲜亮的心啊会被眼前的人事稀释吗?还好之后的路桃红柳绿,刚刚的一幕就此放过。

花开的季节自是聊花才合适,说我是个爱花之人吧,寻花照影之事干得多了去了,寻常花名也是倒背如流,曾经执拗地在山里挖过幽兰,刨过紫藤,揪过杜鹃,铺排过多肉,陈列过青苔,因为喜欢还买了一大缸莲。当时仗着自家有乡下小院,不曾想如今连小院也一并交付给了回忆。

多年后终于悟得,花之于我宜择时雅集,供养之心始终无法认真维系。如此,又何必拘泥于"我的"二字。

不养花不种草,不牵狗不遛鸟,非是一定不喜。只因有一种生命深处的真实是知道无法交付便只远远欢喜。各置其位,相安,如是。

世间多有执念皆缘起"我的"二字。我的花,我的草,我的人,我的房……以为重要如空气，如阳光，如水，其实呢？哪一样又何曾真正是我的呢？

万事万物互能滋养方才相携相商，关联因心而起，大可不必苦为世人眼中的自己。

于是，一树杏花三树梨的季节，即便全民花农，也终不再往空的花钵里种一堆的一时兴起。倒是偶见杏花偎墙，仍会驻足；邂逅山间野樱，仍会雀跃。就像不是建筑专业的我看到古殿偏要纠结歇山顶还是庑殿顶一般。因为她们在我的生命里得到了足够的重视，所以她们都该有名字。

明白拥有的意义是相促，知道自己与什么共处最契合。于是，一件一件，删。

找寻原点，了解与自己有生命关照的事物在不同时空里的脉络走向，一步一步，此生的生命轨迹也终能化为足印一串似皓月般清晰。

说"配"

"听说,下雨天巧克力和音乐很配哦!"一句经典的广告台词成就了德芙的一段成功营销史。自此,"什么和什么很配"这一不算新鲜的表述便又一次焕发了它鲜活的生命力。

听过的众多版本中,印象最为深刻的就要数"听说,下雨天雨伞和自行车很配哦"这句了。单看文字你也许还能觉出些浪漫的小情调,那就不妨让我们来想象一下这画面吧:长发飘飘的白衣美女一手撩着裙角把着单车,一手撑着蕾丝小伞,在清晨微雨的浓荫道上与你擦肩而过,空气中除了雨后的小清新还伴有姑娘身上的淡淡茉莉花香……顿时是不是有种画面太美的感觉呢?

可一配上原来的图就完全不行了。画面中,只见一男子表情痛苦地摔趴在路上,腿上还压着个自行车轱辘,手边是一把翻折的雨伞,怎么看都是一起值得同情的意外事故,可一加上那句旁白"纵享湿滑,得扶!"就又瞬间将人们对画中人的"关切"调侃得荡然无存了。搞笑之余让人不得不感慨"文化人"的高妙!

说起"配"字,在中华文化中可谓是展现古人智慧的妙词之一了,故事之多,在我看来其地位不亚于"和"。生老病死、悲欢离合,人生大事无不可用。

人与自然的"配",诞生"风水";人与人的"配",讲究的是传统的"门当户对"。从某种意义上来说,我们理解的"配"就是"和谐"。从其造字的原意来讲则又可理解为"恰到好处"("配"

字古意为"酒的成色比例的把握")。你看那美人蕉的"艳"搭石基泥墙的"素"叫配；竹篱笆上挂着翠绿的藤蔓叫配；红袖添香、品茗拨琴叫配；雪中赏梅、荷塘听雨叫配。再看看那诗词中的："细雨鱼儿出"配的是"微风燕子斜"；"大漠孤烟直"自然是得配"长河落日圆"了。

某天，跟先生外出路过一片桃林，无意间也聊起了这一话题。我说，古人写了那么多诗词，怎么我脑子里除了那句"桃之夭夭"外就再也搜不出一首关于桃子的诗了呢？"因为桃子与诗词的意境不配！"先生狠狠地来了一句，"怎么会呢？"想要为桃子正名的我来劲了，"'总把新桃换旧符'不是吗？""那是桃木板子！"他冷冷地说。"那不是还有'人面桃花相映红'吗？"我不服气了。"那是桃花！你见过有人说'人面桃子相映红'的吗？"我一愣，而后又忍不住爆笑起来，仔细一想，还真是。有谁会把咬一口满嘴毛的桃子和笑意盈盈的艳丽姑娘写在同一句诗里啊！"看到桃子不是该自然联想到"猴子"嘛，那样才配！"我俩都笑了。

同样的话题还在继续着，昨天听一档两人都钟爱的广播节目，男女主持人讨论的是城市更名的问题。说自打把好好的"兰陵"改成了"枣庄"后，高大上的"兰陵王"是不是自此就要变成"隔壁村"土得掉渣的"枣庄王"了呢？倘若把太白笔下的"兰陵美酒郁金香"变成了"枣庄美酒郁金香"是不是也很让人无法接受呢？

还说道，虽然"扬州"一名也不错，但怎么着也比不过让人一听就意境顿生的"广陵"呀！最搞笑的就是把历史悠久的"庐州"叫成了胖子组合——"合肥"；把"常山"改成了"石家庄"；想象一下，当三国大将赵云在万千敌阵中大叫我是"石家庄赵子龙"时，那画面的确让人啼笑皆非。

同样，当"汝南"变成了"驻马店"时，就像一古典美女有天突然变成了"杀马特"一样的违和，整个画风是完全不配啊！虽然那是一档逗乐的广播节目，但细细想来，"配"之一字说到底，从的不就是由"环境、心境"促就的一种"意境"嘛！人之一生，说到底，也大不过是在自己相配的人和事上寻寻觅觅吧。

舞（俞赛琼摄）

林迹

我们的日子风吹过

　　祭祖日回家，晚饭后的消遣是桥上纳凉。一家人，浩浩荡荡，主角是谁？八十二岁的祖母，三岁的侄儿。

　　水乡的夜，自是比别处风凉，桥上更加。有的坐栏阶上三五家常，有的搁着鱼竿悠悠垂钓。我们呢？享受着一年之中难有几次的四代闲聊。时光在这一刻突然拉得很长，很长……

　　记得小时候的夏天，还远不是空调手机的天下。入夜里，村口大樟树下，自家晒台席子上，一把蒲扇轻轻一摇，乐矣。蛙鼓蝉鸣，星星漫天，竖起耳朵听外祖母抖落一箩筐一箩筐的故事传说，那画面本身就够美的。

　　前年的夏天那个挑水喷洒晒台供我们纳凉的身影已成了星夜里最亮的一颗，在那以后，那个讲故事的和听故事的总会常常一起抬头看他。他说他一切都好，也盼着我们一切都好。

　　祖母和外祖母是同年，身体都还康健。尤其是祖母，爬坡跨坎都尚利索。许是常年礼佛，一头鹤发，满面红光。我始终相信，心诚、至善都是可经时间写在脸上的。

　　我说，立秋都过好久了，天还这么热。祖母说：日子啊风吹过，小孩儿一落地就长开了，老的就更老了……我听着，父亲也听着，侄儿还在嬉闹。

　　"还有秋老虎呢"弟弟说。"是啊，天热稻子才会老"祖母说。天热？稻子老？这么家常又这么不寻常的话是我们这一辈人无论如

119

何都说不出的。那一辈人的语言始终会随那一辈人而去，就像我们口中的小蝌蚪找妈妈，侄儿口中的佩奇与飞侠。

　　回城的路上，工厂路口一排买卖，水果摊大喇叭里传来一串"优质黄花梨，包吃包甜"的承诺。我说，人"征服"自然久了，似乎早已忘记了自己也是自然的一部分。有违天道的事干久了是不是只会沉沦不会醒？

　　弟弟一旁调侃说：人家卖个梨而已。我说：刚看到一则新闻，某菜场检出柑橘里有丙溴磷，鸡腿里有强力霉素，虾爬子里镉超标……也许世人是早已忘记，果子的成长与人何异？枝头太重懂得掉落些，共生物种需要的大方提供些，甜不甜的看光景，圆不圆的都讲个性。可谁去水果摊前不是先看看水果的长相再郑重地问问甜不甜呢？我分明很是怀念祖母的那句：天热稻子才会老啊！

　　弟弟听着我的碎碎念笑了，于是，碎碎的一天，我们的日子，风吹过……

致青春

二十年了，相聚的期许一如地核里迸出的烈焰，翻涌、滚烫，势不可挡！从提议到组织、策划……一切似乎都顺理成章。

1997年，对于我们这一群人来说意义重大。那年，香港回归了祖国，我们——离开了母校。

那年夏日，操场上最后一场战役挥洒的汗水还未来得及风干，我们甚至都来不及说声"再见"便已四散。

也许，告别从来都不是在理想的正式场合里出现，离别究竟意味着什么又从来都只由时间来呈现。

那时的我们，也许就只当自己出了趟远门，幻想着哪一天一回头，看到的还是曾经熟悉的那个"家园"。

懵懂里有谁是谁的谁，单纯里有谁也比不上谁，玩笑、打闹、计较、拥抱。任性是青春才能拥有的奢侈品。那样的肆无忌惮，又是那样的美妙，叫人难忘！

那曾经调皮捣蛋的同桌；

那奋力板书的恩师；

那图书馆前静静排队借书的长龙；

那教学楼主道上梧桐叶落的黄昏；

那餐桌上需要把菜盆排成一字的努力；

那一次又一次畅怀嬉闹的露天电影……

所有的一切经记忆的沉淀锁进了心房。

青春,直到极速远离我们似乎才想起再来一遍又一遍细数。

可曾经的誓言也许还在纸上却早已不在心上。那些留在心上的却也只能永远留在了心上!青春之于我们,就是每个男孩儿心中的紫霞和每个女孩儿心中的至尊宝,五彩祥云里有着我们所有的美和好。

生命的长河里,总会有那么一些人接替我们延续着青春,但青春之于我们也势必是一种永恒!

遇(俞赛琼摄)

林逅

雨夜的清越里，一声和啼

　　《小窗幽记》里有云："窗宜竹雨声，亭宜松风声，几宜洗砚声，榻宜翻书声，月宜琴声，雪宜茶声，春宜筝声，秋宜笛声……"夜呢？时空里的砧声怕是早已成了"绝响"了。

　　这个秋雨夜，觉冷，里外都是。

　　情绪不高只因偶又溺于世情的种种幻妄。

　　曾经的那些咄咄旦的切切帮护，蜜蜜里的刀刀夺魂……这般的夜确是更容易让人起心动念的，也便更适合寻一处静坐拨见自身。

　　读万卷书、行万里路、游于艺、志于道，想起谷芳老师所说，人生四中若无一样涉及，生命该是怎样的贫瘠。这样的雨夜，在书房，从心翻开的是《宛然如真》，单首循环的是一曲大笛，恍然间那段每次看后都久难平复的文字《忍将神韵断琅琊》又印到了眼前。

　　高人已去，我是先在老师的书中认识的已故笛子大家俞逊发，后又在老师的讲述里了解了两人高山流水般的情谊。一曲《琅琊神韵》已细听了无数次，那首老师为挚友所作的《忆俞兄》也时时引起我的种种感慨。"人观竹管皆小技，因君道器而有别。长风遥续梅花落，曲境每抒天人谐。本许横吹穿黄岳，忍将神韵断琅琊。秋湖孤光自兹去，一笛千古有谁接？"这又何止是一位技入高境的艺术家与一位直抵生死的文化评论人之间的相遇，那是两个彼此欣赏的高妙生命在世间的合缝熨帖。

　　艺术之所以有一天能成其"大"是因为它通连天地，这是这对挚友在生命、艺术态度上的共同理解。就像《宛然如真》里所说的，韵以致远"余响入霜钟"的琴是高士，出入世间"唱大江东去"的琵琶是侠客，而那俊逸悠远"长吟入夜清"的笛则是书生模样。

于器乐而言，我听过老友抚琴，却无机缘面听老师执拨琵琶，连这一曲大笛《琅琊神韵》也是隔着屏幕听的，虽只在门外，却也终是多窥了几眼，那份"琴多世外，笛通雅俗"的描述似乎也能触到几分。

当一位笛家有了"自然之中有生意"的观照，以器入道，人世的起落便就只是一个境界的参照了。

那虚实闹静中的共生共融；

那生灵涌动，天地人的绵长时空；

那百鸟成林，一鸟亦是一林的韵在道心；

那独创的哨笛之音是个体与世间的讲和，不断、不溺。

于是，做怎样的人，发何样的音，在这雨夜的清越里，分明唤起我生命里的一声和啼。

一桩丢箱子的公案

放在门口楼梯旁的几个纸箱不见了。

要说它们"出门"其实也没多久（不到一个时辰）。大箱是某宝押镖一张书桌时登门的，因内里豪华，曾犹豫好几日要不要至此雇用；几个小的，虽说派不上什么大用场，但长得小巧，也是讨喜。最终被请出门那会儿是想着，就留给楼上收集纸板的大爷、大妈，也算舒心事一件。

可就在那以分为单位计算的时间里，在家住了好几日，且让我转过好几念的箱子，突然不见了。

家里人纷纷揣度：

被偷？真不安全！那门内的东西呢？要不要防？加门？

收破烂的顺走了？下手真快！又没说要扔，那是"我的"！

楼上的大爷、大妈不问自取？还没达到此等默契吧！

……

总之，万念起，只因"我的"二字。至于箱子，是真不见了。

行吧，若为垃圾，也省掉些扔的力气，若还真是被上年纪的人"捡"了，兴许还够得上他一阵小窃喜，毕竟还有些分量，一斤，好几毛呢！想到的是朋友的父亲，不愁吃穿，八十多岁了，就喜欢攒个纸板，集满一趟三轮，再蹬去换钱。朋友担心他的安全是真的，说能有几毛钱呀，家里乌七八糟不说，万一出点事，就那点钱！

然总是屡禁不止。

价值这东西标准真因人而异。几毛有多大？从心。世人世事，一人一心，矛与盾，就此化生。

当分不清我与非我，看不透虚实有无，人便时时混沌，一叶无明。

欲求不满的人事里，一片嘶喊"断舍离"。到底我要的是什么？我所要的真对我那么重要吗？多数人其实并没那么清楚。修行，在一定意义下，正是一种趋向"自知之明"的锻炼。

树凋叶落时，如何？体露金风。人生的智慧呢？看他境界现前时如何便是。丢箱子这样的公案本质上与丢其他所谓的"重要"人事无甚区别。原也是'此岸认为铜墙铁壁，彼岸却觉顺理成章"的事。

为了有，有人成瘾成狂，因为无，有人成佛成圣，即便同样是有，有人得其完整，有人如坐牢笼，"解"还是"结"呢？

不论是箱子还是其他，制约跟冲动间，境界现前的公案本身，参的仍是一个自己的所当为。

原来没有什么不见了，或者，不见的也不是箱子。

开在盛夏的紫藤萝

　　熟悉紫藤萝的人,对"紫"也许会了解得更为透彻,也更为迷恋。
　　那样的深深浅浅、浓浓淡淡,就像是画仙的笔下晕开一般,铺染在每一个振翅欲飞的花瓣上,又恰到好处地延展出一整串的喧闹。直等到一整棵蓄势齐发时,紫藤萝也就又一次迎来了她生命中轮回的灿烂。
　　宗璞笔下的"紫藤萝瀑布"无疑是美的。那样辉煌的一片紫凭谁见了都会驻足。你会在那满树流动的深浅中充分感受到生命的美好,也会在她带来的蜂围蝶阵中体会到因一个生命的绽放而牵动整个世界一起绽放的那种"生"的喜悦!
　　喜欢紫藤萝好像是在很久以前了,久到也许生来本就如此。直到后来,再也不满足想她时跑到别处去会她的境地。于是,在多年前动员全家去山间领回来一棵,安放在老家的院墙边,便也终于有了"拥有"的快感。一开始还忐忑着她会因陌生之地而拒绝绽放。事实证明,落地扎根的藤萝似乎很快就融入了自己的新家。从一开始的借势攀墙到每年的扩大棚架,大有遮占小院半壁江山的气势。而一到每年的三四月交接,藤萝更是让小院"锣鼓喧天"。
　　好客的紫藤萝是热情的,那蓬勃攀爬的藤蔓,那努力伸展的嫩叶,那藤下饱满的豆荚,更有那一"树"馥郁的繁花。
　　但她又是毫不浮夸的,你看那深深浅浅间,繁而不乱,满而不溢。无论是单朵还是整串里,浓淡处理自有她的分寸、疏密退让也尽显她的谦和。那种从小世界到大世界里的和谐统一无不显示着她的睿智和完美！也许，这就是她最吸引我的地方。

紫藤萝的花期也就短短半月，在那满地"紫锦"的场面过后抬头就是"绿"的天下了。到了盛夏，人们照样会因她的"荫蔽"惦记着她的好。

七月的一天，回了趟老家，突然发现，紫藤架上居然还开着一串瘦弱的小花儿。顶着烈日，她就那么不合时宜地存在着。没有远道而来的蜂友，更没有任何仪式的庆祝。你甚至会觉得那样的画面有些违和。所谓的爱她之人——我，似乎也不愿多看她几眼了。

午后的天气说变就变，一阵雷雨过后，空气显得格外清新。

院子里的低洼处，两朵紫色的小花正静静地斜置着，那水灵的倒影吸引着我靠近……

还是那般令人沉醉的紫，还是那样惹人怜爱的花儿，和春天蓬勃的时候分毫无差呀！难道就因为她开在盛夏就选择忽视她的绽放了吗？那一刻，猛然觉得自己的爱是多么世俗与肤浅。人也好，花也罢，在对的时间里恰到好处地绽放被视为理所当然的"美"，可因种种原因虽错过了时间，但仍努力绽放的，又何尝不"美"呢？

七夕，满屏刷节的日子里，祝所有终成眷属的有情人美满、幸福！更祝那些因种种"过往"还把自己搁置在路上的人，努力地做好自己。

人生，婚姻，当独一无二的你没遇到"良人"时，就像那开在盛夏的紫藤萝，芬芳自赏又有何妨呢！

雪，别至

宋代多雪。

"雪江归棹""关山春雪""雪山萧寺"……那江天、那深雪、那萧寺，那颤巍巍的朝代，绢色殷殷墨色淡淡。清旷、肃杀、冷。

雪夜几多故事，雪夜访赵普、程门立雪，还有那浩荡纷纷里的山神庙，一个人影提枪转身，别。

别，有剧情层层，最后决绝的；有猝不及防，一身冷汗的。

别，无有人欢喜，也没有几人能真正习得。

十几年前，高地冰冻，大雪封山，元旦日盼归的一行人深一脚浅一脚从单位跌到高速路口坐了生平第一回铲雪车，路途耗费四个半小时。第二日收到祖父离世的消息。冥冥中似乎映着那下山的种种决然。那之后，母亲最小的妹妹、养父……我生平第一次开始认真思考"别"字的写法，"分"果然"剔骨"般痛。

因为无法接受，所以避……所以逃。

2016年农历六月初十，外祖父油尽了，二八自行车上的坚实怀抱走了，那温暖有力的手掌走了，那眯眼宠溺的眼神走了，那总把自留地里最好的收成递到面前的人儿真的走了。在你游丝样的生命尽头里我竟也显得那般无力，终究是没有好好告别的，因为爱，所以惧。

死别或是天灾，生离定是人祸。后来的日子，人祸天灾都一一遭逢过了，心似乎些许透亮起来。

林迹

前日，同窗五载同年同月同日来到这个世界的"雪"落了。八点收到的消息，傻坐到十点，空寂啊，心一直坠、坠……怎一个"堵"字了得啊！

"咱们的缘分一言难尽！"这是雪常挂在嘴边的一句。2017年9月，毕业十几年后的我们会师在省城名师班里，同一个班走出了两位同年同月同日生的"名师"，这何尝不是一段佳话，我们洋洋，我们胡侃，铺展的画纸长长，提笔的字该是金色的呀！

自始，集训活动你就参加了一次，之后的你独自遭遇着如玩笑般的一切，你从不在我面前提起，我又心疼地假装不知。

你说，上飞机能不能带中药呀？你要调理身体准备三胎；你说出门培训能不能带大儿子呀，我说可以保护我们，你嗔怪只有你才理解我的任性；你还说，看到搞活动时的同学小聚你是有多羡慕好好的我们……是呀，我知道，你是有多么地多么地舍不得离别！"要不要告诉你同学？""到我真的不行时再说"，这是你家七尺男儿含着热泪向我转述的话语。来不及告别呀，我亲爱的雪！

聊天记录永远停格在了5月4号的那句："宝贝，生日快乐！我们要彼此惦念！"两个青年节出生的人不是一辈子都该沾点青年的暖吗？！

赶赴与你告别的那日，墙面上的笑容依旧明媚似春天。平行的另一个时空，你甩下一个"既然注定，何必矫情"的背影，一别而去。小女子名唤"七爷"，那是你的豪气。雪，满城纷落，你潇洒翩然。

时空的长河里，鼎盛繁华；寒色千峰，白茫茫都会干净。

诸多"别"至后，我亦终能了然，浊酒一杯，来的都应，别的请走好！干！

林迹

木　木

　　办公室阳台正对着一片绿，说是一片，其实是两地，只因中间的绿皮铁网早也心向自然。

　　香樟是"林子"里最壮实的，自多年前校园"中庭"移栽至此，就一直享有无人照拂的肆意。挨着他的是一棵楝树，怎么长起来的，没人知道，只是长起来了，便也被想知道的人知道了。这些年，她的根叶越发驰骋，秀秀气气的样子在香樟面前仍小家，但碧玉。

　　女贞，若在校园别处是早规矩了的，宿命，墙。这一带呢，地偏人稀，挤是挤点，但开心呀！于是，年年把花儿开得哟，拉着手的，探着头的，满树银辉，簇簇真情，又得门网相助，竟愈来愈有成"乔"（木）之势。

　　桂树、紫薇是近我们阳台这边的，穿插排列，植栽本意亦为"界"。

　　今年的紫薇太静，难有几枝喜上眉梢，雨后凭栏，总惦念其旧年娇俏。想着美人儿，心中也就总会想起许多年前老师教我们识记紫荆紫薇木槿木芙蓉的场景。

　　紫荆紫薇花小，色近，都碎碎。幼年外婆家必经坡路上一程一棵木槿，但记事起外婆就说那是打碗碗花，只看看不能摘，摘了会碎碗。于是，几十年后，当我见到了长得像喇叭的打碗碗，木槿之名才算得以归正。可是，那又怎样呢？以花的形式存在于我的童年与青年，终究我们是没有彼此辜负的。

　　再后来，小区楼下的木槿旺季，我铁了心要碎回碗，半致歉半决绝地折了一支，以为会像别花一样，对着瓶子笑上几天，谁知不到一日便花枝分离，且整朵落地，碗，是果然碎了的。

　　整朵掉的还有林子附近的山茶。山茶品种多，以色分，以瓣分，所见的几株唯一不分的是掉落的姿态。一大朵，一整朵，一起落时绣毯一块。人喜欢赋予自己喜欢的东西以人的意义，时空里，人们也总是相信自己愿意相信的，所以，花色便也渐渐成了人色。

　　二楼最西边一间的阳台是可以伸手摘到石榴的。种子因何而来，从芽到树，过程似乎已很邈远。当年这楼还是学生宿舍，时任班主任的我或许擦肩。如今，粗壮的枝条因墙分势两立，一半探进一楼撞到脑袋，另一半负责迎光孕果，来来往往，果味虽不佳，但每年我都会折几枝插瓶，雨水不多的年份易成干果，与一把白色乌桕子一搭，多年旧样，很是有味。然私以为石榴树最美，非欲燃红焰，亦非熟果累累，最是那皓月秋晖，叶影绰绰，一瞥惊鸿，素美甚。

　　重阳过，去年的山城早已桂雨如诗，而今年，林子里的桂树也是一样，花苞似乎都还在路上，南方人的秋啊，少了她，似乎便丢了魂……

　　林子在多声部的鸟雀声里日日壮大着，跳跃、连续、清脆、低婉，每至傍晚，还有热闹聚会，那是菜场一样的人间烟火。

　　那些框在大小盒子里的人呢？或洗耳，或应心，慢下来时，内里尚还能流淌些绿意，不迷失，就好。

林迹

山 茶

  今年的冬寒来得较晚，昨夜叫嚣的漫天飞雪也没有如约而至。早起值班，失去喧闹的校园终于可以许我不计形象地闲逛。在这块耕耘多年的土地上，我收获了她每一次换装带来的惊喜，丈量过每一棵树间的距离，我甚至还惦记着每一朵花的归期……而今天这样的日子，确乎是一个与几十株山茶约会的好日子。

  山茶常见，在我们这儿不管是校园还是别处。好养，花密。与其他绿化混在一起，没花的时候当灌木养，有花的时候拿花当叶子看。

  每年的花季，但凡我驻足花前，总会有路过的伙伴笑着说：这花有什么好看的呀？满大街都是。这种把"这"字加重又拉长的声音表述里，听到的是满满的"不以物贵"的"功利"。如果循着他的想法，我会笑笑地回他一句：这可是中国传统名花呢，享誉世界！不知会不会引他一看。

  我常常想，世间的万物每一件都有其存在的玄机和道理，又缘何有太多的遭人嫌弃？仔细想来，原不是"花"惹的"人"，那是看花人的分别心作祟。"一花一世界，一叶一菩提"的禅语人人皆知，东坡和佛印"吾乃何物"的故事我们也很是熟悉，所讲所思兴许同理。

  不管怎么说，我喜欢这花。

  可能很少有人能说出校园里到底种了多少个品种的山茶，而我却细细数过，从单瓣到复瓣，从花瓣排列的单序到双序，最直接的区别当然是颜色了。几十颗植株里，我最爱的是那两株白色的"抓破美人脸"。一株在行政楼前的宣传栏边，另一株则在中心雕塑的转盘上。今冬较暖，此刻，她们远没有全盛绽放。

与教学楼平行的那排杂色的"粉霞"倒是最早开的，如今已显败落。而东围墙边上那几株高大的"赤丹"和"状元红"正鲜艳夺目，这会儿是开得正闹。

天寒地冻里，冒雨将她们的倩影全数收了回屋，一边回味一边想着早年间留在心底的那段话："梅花虽有高韵，但却花容清瘦；桃李虽是烂漫，但它青春短暂；牡丹誉为国色，但寒冬枯容难藏；唯有山茶兼有三者之长而无其三之短。"是呢，她明明开在冬日却给人带来了无限的春意。

应着这股子春意，每年的这个时候我都会和我的学生们搞一场"山茶花会"，赏花、行文，相得益彰。不想，今年的花会却被一场号称新世纪来最大的寒流给冲散了。遗憾的事还不只这一件，宣传栏边白株对面的一颗红茶"薨"了，我无力阻止，送她轮回的是扫地阿姨每天要用的那两个滴水大拖把。

此刻，窗外已飘起了雪花，但愿，"一花一世界"的"般若"能在孩子们的心底生根发芽……

少　年

　　"人"和"事"一入文学，再今，也古了，而古被今看着时，再古，也今将起来。

——木心

　　"狼"是青年时代的同窗，若更宽泛些说是少年时代的伙伴亦无不可，狼大名群英，班中名号"大狼"，更亲近之人直接唤"狼"。大狼群英人如其名，"狼"与"郎"同音，眉宇间自有一股英气，但也不乏刚柔并济。

　　想写少年，着实因为前日狼在朋友圈的一条信息：票选班歌。出于曾做过几年不称职的音乐老师之说，对时下小朋友的喜好也还是有过留意。六选一，排名依次为：2.《麻雀》3.《夜空中最亮的星》4.《平凡之路》5.《你的答案》6.《苔》

　　当选的作品，歌词中自是有些力量的：

　　麻雀也有明天

　　我祈祷拥有一颗透明的心灵和会流泪的眼睛，给我再去相信的勇气……

　　易碎的、骄傲着的，那也曾是我的模样。沸腾着的、不安着的、你要去哪……

　　低着头，期待白昼，接受所有的嘲讽。向着风拥抱彩虹，勇敢地向前走，黎明的那道光　会穿破黑暗……"

苔花如米小，也学牡丹开。

那第一名呢？便是那首名叫《少年》的了。跃动的旋律，配上单刀直入的歌词：路在脚下／其实并不复杂／只要记得你是你呀／我还是从年那个少年／没有一丝丝改变／时间只不过是考验／种在心中信念丝毫未减。确实容易让少年们产生好感。

无独有偶，那天的那条信息下还紧挨着一位90后的歌曲推介：《少年年少》。出于好奇也是细听了的。一句"雨再大，梦想永远打不垮。风再大，挡不住少年整装待发"是形象，一句"跌倒，也不忘微笑"是态度。嗓音一出给人以少年之花青年拾之感。笑侃倒是有些90后00后口味之区别的。不觉又想起近日翻滚得颇为厉害的"前浪""后浪"。想着我们在无数惊涛骇浪后学成的波澜不惊里，是否还会保有《少年》里所描述的那股生而为人的"热浪"。细说起来，约束全无只能算"中浪"的80后：

也有多久没有蹦跳着走路了，哪怕偷挑没人的时候。

有多久没有放肆地歌唱了，哪怕跑调到自己都听不下去的时候。

有多久没有发出山崩的笑声了，那种彻底抒怀的时候。

有多久没有触摸叶脉，没有细辨花香了……

有多久……

每每这时我们总会特别亲近那些黄永玉们，汪曾祺们，会喜欢老树鱼山们的画，会在众多的艺术里寻找生命中或许丢失却又实不可失的东西。

我们就会特别羡慕那些让艺术形式不再成为形式，而是成为彻底生活的高境之人。那些生活有多少琐碎，就能创造多少绚美的人。那些衣衫褴褛却仍能气宇轩昂的人。那些心里永远住着一位少年的人。

若说人生的意义"接近于无意义"，那么，可以是颓前迷后无有当下的"无"，可以是看似高昂实则人生意义由别人定义的"无"，也可以是物我两忘镜心通透的"无"。"少年"，你是哪个"无"？

林迹

草木人间

亟待伸展的草木是恋雨的,那五月的欣荣里,也有我。

阳台的佛甲草燎原成火,两年前,天空里的一双翅膀曾停留过,我是幸福的,见证。

幸福树好养,大约是事实也是亲历,早些年办公室里的一棵开出过绿色的小花,绿花隐于绿叶间的场景至今沁甜。刚搬进新居那会儿幽兰阁里的三个女人也曾往家里请进过一盆,有三株,第四个年头了,许是其中两株的相继离开,余下的一株站得更为挺直,一直从膝盖立上了腰。我给予了她与我同等的阳光、空气和水,赠树之情与修己之心同不可负。

绯花玉又应时鼓起花苞了,一球红一球白,年年如是。除去关注生长力与花盆的匹配,剩下的便只是欣赏。

菖蒲与青苔呢,处得极好,我偶尔插上几句,许是闯入。

生于多雨的江南,抬头山峦云霞,草木山石予人的,从来无价。

不能给予的不必拥有,那是早就通晓的养物之道。不请不是不亲,那是一种山不必过来而我过之不扰的"亲"。与草木如此,人也是。见面不用寒暄,唯剩客套的大可不必见面,静坐时不厌,畅聊时淋漓,酣。

草木溪涧,枯荣轮回之象常见,世间感己慨人之长调大多由此生发。年岁逐增,早已少了几分满眼绽放的痴缠,多了几分对大地蛰伏的理解。置身其中，与天地万物通，自是不必有太多的风动叶动。

　　然为人、为草木，亦该是有一份坦荡胸怀的，少年橙，青年赤，中年成彤，老年为绛。热热闹闹的冷冷清清是幻，早些看清，冷冷清清的热热闹闹，方才是真。

　　又是一年青年节了，年年五四，年年生辰，不老青年，混迹人间，携三两诗心，夹二钱闲情，佐五味本草，酿一壶春秋，敬天地、敬脉源、敬一切可敬之众生，挑个雨天，干！

......
那个似乎叫故乡的地方
桥没了
岸变了
只有儿时上过的树
还立着
我也是
......

儿时爬过的那棵树（俞赛琼摄）

林迹

一只红嘴蓝鹊飞过

那日，一只红嘴蓝鹊飞过，我在你的眼神里唤它青鸟……

昨日是祝福与礼物，今天，是立夏了。

有祝福与礼物的日子会比一般日子更长些，一秒一世，一眼万年的故事往往更容易发生。最先送达的祝福是自动生成的，精确算法，每年必到。胜出的是农行，将客户关系包装在暖风里，且给人一个无从反驳的确信——相遇3623天。之后，是当年那些嬉笑打闹的玩伴儿，一个个，都还记得呢。那些友情与亲情的交织，凝结在生命最深处，于时空无碍。

花则是心内言外的表达，一枝白芍，可互目半日。一花一茶，在四十的春光里读百岁老人的冷辣文章，读懂了是幸，又确乎有那么些不幸。

不惑了，举个杯吧！

你们又防不住我

魔童（7岁的小侄子）拿着笔和纸到处画，画到纸外的白色沙发垫上，画到纸外的被套上，画到身上……大人们都语重心长地说：你能不能小心点。他憋了憋：那，你们反正又防不住我。

猝不及防的回答易笑出声。成人世界里的规则自是"防"不住孩童的。彼时的孩童，人生是写意的，是朦胧诗。长大后，一脚踏进规则，一脚踏进道德，很多时候踏的是同一处。有一天突然明白了规则本身就是写意画、朦胧诗，人生是郁郁苍苍后的淡淡大写意，心里住个"孩童"吧，你又防不住我！

蚕豆要吃出节奏感

魔童不会拿筷子那会儿，蚕豆都是大人捋好后放饭碗里，豆豆饭的欣悦是要跳出碗去的。4月的蚕豆又鲜又嫩，从剥开豆子一溜水到用牙一捋化进嘴，得经过多次练习。熟练后，魔童开始了他的表演："你们看着啊！"快速用嘴捋完几节豆子后，他顿了顿：要吃出节奏感！像这样，嚯嚯嚯，嚯嚯嚯……

哈哈哈，生活果真充满节奏感。时令、节气，这些老祖宗传下来的和谐于万物的词，在忙碌的现代人世界里常常消失，因为怀念所以我们时常"祭奠"。念春天里的蚕豆，念种蚕豆的人，念那块再也回不去的结出饱满豆子的土地……

应天时，顺天性，循常识，该是生活的节奏感。被拽出泥土的遭遇时有，生根的本事在被拽中练就。被带节奏的大桌饭少吃，因为那并不等于人人有份。夫子白，誓不与黑为伍，但主上是灰的，所以我们看到的节奏是：夫子纸上白。

看到的螃蟹有多大

"今天捞鱼时看到一只大螃蟹呢！"
"有多大？"
魔童用食指把自己的嘴巴圈了一遍："这么大！"
活的语言是自由流淌的心。失语、无语，都是某部分的已死亡。
"看到的螃蟹有多大？"有人开心地比画，有人笑笑就不说，有人呢说出来的不是他见到的……那些说出来的一定不是他做出来的要当心。

"今天看到的螃蟹有多大？"哈哈，我在天空画了一个圈。

干杯呀！那些惑与不惑，一只红嘴蓝鹊飞过……

你今天最好看

光影心（手机摄影群公众号）第1706期了，秋雨绵绵是此时的窗外也是这一期的题。这个来自远方的纯爱好、纯公益民间组织1706天循着它的价值轮转着它存在的意义。我们相识，也有一千多日了。

榜首是一张叫《开学季》的片子，色冷但满溢青春，水印翻转的大局里，是青春割裂的情绪，兴奋、迷茫、奔突、激昂似乎都在暗涌，淡定又躁动的冲突处理，让人停留。

第二张也喜，水墨处理的红山楂，配以飞向果子的活物，画面瞬间便能呼吸。果真"生活未及之处就是艺术的开始。"诚然，"光"和"影"都还是其次，重点始终在"心"。

前日受邀为大家讲点什么，分数名次方法技能自是倍受关注，但重点始终也还不在这些。"道"在"艺"先，始终是正经的。所以，不觉费时从卜甲、卜骨开聊，一会儿聊雅乐、郑声，一会儿又聊板桥、八大，还从朋友圈发文闲聊到摄影。没有什么命题趋势，也没有什么点石成金。就像坊间常玩的造句：不爱听歌的老师不是一个好厨师。做学生精神世界的美食家真不是易事。

越饱满的谷粒越是低头，不是谦虚是终于明白始终不够。时空邈远，人太短。

把"年"过成"天"的日子从哪一刻算起早已记不清了。年岁富裕后遇到娃娃少年们总会迷之慌乱，数学不好也要算算，不算还好，一算又难免"倍"感惊人。但仔细一想，风景千般相似万般相仿，前人无数，后者奔涌自也是常事而已。物染哀喜的日子交叠多了才有那兀自岿然的机缘不是？

　　365 天前的绵绵秋雨里室温还"和煦"，365 天后的绵绵秋雨里是一个被更多凿击的自己，心不硬，依然敞开又柔软，直至"道"了然，"艺"金黄……

王杨钢摄

六月栀子情

　　爱过人间四月天，看过五月榴欲燃，眨眼又到了"芭蕉叶大栀子肥"的日子。传说栀子花的种子来自天竺，与佛有关，故有人称她为：禅客、禅友。也有解释说：栀子花的花语是喜悦，是永恒的爱与约定。如此脱俗的出处，如此美丽的寄托，怎能让人不欢喜？

　　古人爱之，有杜甫的"栀子比众木，人间诚未多"；也有王建的"竹溪村路板桥斜，闲看中庭栀子花"；有刘禹锡的"佳人如拟咏，何必待寒梅"；亦有那韩偓的"整钗栀子重，泛酒菊花香"。

　　余亦深爱，因其白绿相间，似翠玉所雕，馨香浓郁，实沁人肺腑。"孤姿妍外净，幽馥暑中寒。"殊不知，那是一冬的孕育才有了盛夏的绽放呢！不经意间的邂逅，看似平淡的她却决不平庸！芳香遍施众生皆喜之势传递的是佛之大爱，默默守候静静绽放之态诠释的是同心永结之挚爱。如此玲珑之物，当真因你一个美丽的身影，足以让我回眸；愿为你一生倾世的香浓，安静地守候！

　　（六月的第一天，用儿提的纯真看世间万物，以友善的心灵留人事之美。叙文一篇以谢清早赠花之人！简单、快乐，放下、自在，共勉之……）

林迹

一眼千年·念

　　老友为我儿时撒欢的老街留下了一组摄影作品，每见情难自抑。

　　长卷面前，呆呆地立了数千秒，卷里卷外，奔突的画面碾过了几个世纪。以万天为计的短暂生命个体，辈辈代代都渗在眼前这方山水里。该忍怎样的剧痛？生生剥离。
　　欢腾过无数孩童的青石小道被噼啪掘起，无数个大朴树下的夜散落无迹。那留存下来的几杆绿可还是当年的绿？
　　门环老了，老成了月牙。
　　农耕文明的最后一丝倔强倚门而立。
　　那石壁上的、板壁上的荣光呢？
　　都没进了乡村最后一缕炊烟里……
　　能走的都走了，那些走不了的永远留下了，和着石子，裹进每一处乡民的梦里，直到有一天连同他们的生命，走出了时间里……

苍岩老街临水全貌（王杨钢摄）

那里，有我们呀

——愿那些来不及告别的魂灵都归安！·2020年2月21日

"我的理想和新闻无关，但是我关心身在苦难中和不断挣扎求取进步的人们，以及这个社会本身。支撑我一步步走到今天并且推动我一步步紧接着走下去的，也将是这面目不清的冲动。"

当一个不以新闻为理想的新闻人把这些文字敲进一些人的心上时，世界是升腾的。那一刻我眼前闪过的是麦积山北魏的爽然轻笑，缥缈又真实，又确乎是那大足北山脚踏莲花衣袂翻飞的水月观音，朗然，皆空。

真正的理想是只顾前行的，是的，纯粹，不斜出。那质感，是木，是石，是亿万年的凝。那赤子心性是那佛语里的"无缘大慈，同体大悲"，是历经千般，起身后仍有的一个个清朗俯身，贵，重。我是有幸见过那样的生命个体的，时空里，现实中。

世间熙攘，太多戏场，有人为利而搏，有人因名而战，又众者以"善舞"博彩，皆在"拥有"与"获得"上，铺陈太多的偏与执。于是，很多时候位在品不在，艺在德不在，哄哄。

年岁逐增，为师亦为"长"，当与孩子们、刚入职的年轻老师们畅聊未来时，提得最多的还是两个字：干净。"净"是认定后的心无旁骛，是装满又排空的漫漫修行。出走一路，纷扰无尽，人是可以在时间里学会用自我的逻辑完成自洽的，但若逻辑歪了所谓的自洽也便万般的扭。人前人后，劳心自知。

　　深夜了，本是想着给刚成为小学生的侄子写点什么的，什么呢？屋顶水杉的群鸟，门口摇尾的"土豆"，春天的蝌蚪，夏夜的星空，那用清澈的目光养大的小鱼小虾，那普通人的哭与笑，那从跟随到引领的自信与谦逊……

　　此刻，我在布满年轮的松木书桌上敲打着我的心，桌上崖柏的坚，芭蕉歙砚的重，辉映着远古石壁上千年的诚。那一路的唐风宋韵呀，凝望着最初的凝望，信仰着最初的信仰，那里，有我们呀。

希望（俞赛琼摄）

如此，又是一日

"该睡的时候很清醒，该醒的时候又在睡"是近况，小部分是放纵，大部分是因为夜的好。灵魂独处，些许思考，偶有沉淀。

年尾年头这几十天过得确如章回体小说，那些个体亲历的无法描述的痛，夹杂着一可接一可的"看官"与"话说"。而我，"唯一所知的是我一无所知"。所以，什么也说不了，什么也无法说。"加油"没有高喊，"英雄"没有高举，信心没有满满，大义也没有凛然。唯一能做的就是默，默默地理，默默地想，没做什么但还算知道什么能做什么不能做。

很多时候，同情和怜悯的背后是庆幸，鼓励和感谢的背后是阶层，纯粹的人道呢？剥离干净之后还剩什么？热得快冷得也快的教训铺满了整个现代史。

看人，不是看他嚷嚷什么，只看他事情来时的真实应现，国也是。疫情面前，我们要思考的的确太多太多。

静静听

个体何其渺小，但年岁逐增，自己的故事多了，看到的世事渐渐也就多了。

意气风发那会儿总想着"得"，后来呀失着失着就得了。对于"得""失"二字的再定义便是这些年的全部长进了。那日，跟一群年轻人聊"生死"，说若是"突然离开"当下降临会怎样？一说：别说傻话！好好活着。一说：不能这么想啊！心态要积极。还有一位急着询问发生何事。沉默和励志标语间，我选择了后者，大家安心，话题结束。

从来，生命被普遍看作一种单向流逝，所以个体对生活体验的顾盼和对死后皆空的认可让人们对死亡产生了敬畏，畏又很大程度大于敬。所以，我们慌乱，我们不安。然斯宾格勒说：人类所有高级的思想，正是起源于对死亡所做的沉思、冥索，每一种宗教、每一种哲学与每一种科学，都是从此处出发的。

深深思

的确，几千年前东西方的先哲们早就对这个问题响亮发声。对生死的理解从生理现象，到文化现象、精神现象，死亡哲学的发展是一段漫长的旅程。

朴素的自然主义哲学家们从"世界本原"开始思考。泰利斯说"水"是构建万物的基础；那个提出"人不能两次踏进同一条河流"的赫拉克利特说"火"是万物之始基，苏格拉底则把哲学拉回到了人间，以探求美德为基础，用对真知的追求，达到最高的善从而来实现生之价值。之后，他又用"灵魂不朽说"超越了生死。英勇赴死的那一刻他想着：分手的时候到了，我去死，你们去活，谁的去路好，唯有神知道，且此去大有希望是好境界。

那是因为他一直认为，死的境界无非两种情况：一是全空，死者毫无知觉，那么就像无梦的睡眠般安详，脱离烦恼，死亡反而是一件美好的事。一是灵魂由此界迁居彼界，灵魂不灭，那么死亡就更不可怕了。这颗活着时通过不断学习认识自己完善自己对死又毫无畏惧的灵魂影响了人类世界数千年。

而那个诸侯混战生灵涂炭的东方呢？空前的社会巨变里先秦诸

子纷纷致力于客观世界寻找救世良方,唯他——庄子,把目光转向了自我世界,直面生死。他认为儒家的仁义礼制和法家的法令刑律在那时也许都不能从根本上拯救社会,救世关键在救人,救人关键在救心。

老子说"道"是万物之本。语言无可界定,永恒不灭。庄子将"道"化为实体,他说化生万物乃是"气"的聚合变化。气由道生,具有道的本质属性——自然创生力。气聚气散是道之使然。死亡是"气"的消散,不是虚无,是对永恒大道的复归。所以,"死"不是消解,是生命之道的明达。这样一来"死"又有何惧呢?

在法"自然"的前提下,通过肉体的全生尽年和精神上的适性有待,逍遥无待,从而使个体生命的生死困顿得以超越。这便是庄子对生命至高境界的观照。如何才能做到呢?他说:心斋、坐忘、朝彻、见独,最后"不死不生"……

一番番思索,凡人如我,怕是做不了庄子眼里"物我一体"的"至人"、"与道相合"的"真人",更别说那"吸风饮露"的"神人"了。那生命的安顿之道又在何方呢?

学他的保全本性,不为外物所累吧,尽量。

学他的珍对生、乐待死吧,努力。

学他的追求"活"的意义吧,期待有一天精神之超越生死……

如此,又是一日……

春

二月接过三月，立春走到了惊蛰。

冬与夏的角力里春是带着韧劲的芽，是羽绒与短袖间的绣花长裙，是古书里的春社、上巳，亦是今人微圈里的影像、驴行。

风，徐徐，玉兰是一树一树开的，紫云英是一片一片长的，茶叶、笋尖儿是一茬接一茬冒的，香椿里有蛋的故事，羹汤里有"护生草"的传奇……那些就着日升月落贴服大地的岁月里，曾有过我们至暗至亮的记忆。

后来的后来，人们把似藤络在骨骼里流续的东西叫作了"文明"，但"文明"终究也只共存在赤诚的血液里，于是，直至今日我们抬头仍能时时见到悬着的利剑，俯身仍能触到一条条锁链有形无形。那些被"炼化"成数字的悲剧似乎是为能站在文明的对立面而顽固地存在着。

前日梦境，见自己被抓去了残酷的杀戮世界，在从众与良知的拉扯里，躲过一次次危机，逃出后又发现，站在所处世界揭露杀戮世界是多么苍白无力，可只在 A 面出现的人们竟还无比神往着那样的 B 面。一身倦意，又一阵唏嘘。想起《楚门的世界》里，全城皆是演员，日升月落、起浪腾风，精准操控，而在世界之外，"全世界"的人又都关注着这个唯一不知道自己是个"演员"的演员。在"真"与"假"间，我们究竟用什么在看？在"好"与"坏"的评判里，又是谁在绵密地用力。

老友说，最近的情绪不高呀，文字少了，我说，文字不少只是偷懒了写给自己的那一部分，芽儿埋土里。等待的时候，我见到了被砍头掘根打着吊瓶支满钢架的老树，那痛失庞大根系繁茂树冠远离故土的老树啊，来到的地方叫城市。

我见到了越来越多的城，一模一样的城，一模一样的楼，一模一样的花，一模一样的人，一模一样的孩童……

我用力想象着老树"最好"的结局：五十年后，他终于又艰难地绿了起来，他在的位置没有被更高的高楼代替，于是，这"绿"终于达成了五十年前命令他来这里的人的使命——绿成了"景观"。多么"完美"的景观呀，那便是后来人以为的"自然"了。"自然"是一棵"南方"来到"北方"过冬的树……

没有文字的时候，我还想着，今年与冬季星空约得少了些；泉溪的水现在还没醒过来吧；阳台那光秃秃的大土盆里我究竟埋下过多少种子，以至一整个春天都在叽叽喳喳地凸起，是去年三月藏下的郁金香？郁金香边上又是什么呢？许久才想起那是有着高挑个头的卷丹百合。也许我可以厚着脸皮把自己的健忘狡辩成不问收获只问耕耘，也许我跟那些把南方的树押到北方的人一样需要时时地审视自己。总之，那些动不动就能把文化喊成产业的，离"文化"有多近我们不知，但离"产业"肯定是不远的，最怕的是到最后便只剩下"产业"了。

最近读完的书中有述："人直接面对自然的时代可能已永远过去了，如诗人席勒所说那种素朴诗的时代已永远失去了，七月流火，九月授衣，我们当然可以堂堂正正地悲痛我们是被抛掷到一个我们并不乐意的时间里，如活在大唐盛世的李太白诗中一辈子挥之不去的感慨一般，但感慨完，你还是有当下的功课得去面对。"是呢，每一代人有每一代人的课题，劫难与死亡永远是截断时间长河的最浓重一笔。后来的人们啊，那些历久弥新永远流淌的，我们要学会舀起；那些化为尘土散入风中的，也不必强捏成泥；那些文明深陷的角落，我们要竭尽全力再一点一点撑起……

雷蒙德·钱德勒说"告别，是每次死去一点点"。在一次又一次的告别里，我活下了我的笔。今夜，我又提起了笔，留在我笔下的，是属于我热爱的那个世界，是我眼中有棱有角，有裂纹的那些你。

春（俞赛琼摄）

且以清风伴明月

山河万年 我在人间

牛 车

是从三十几岁起吧，"时间"二字变得日渐清晰，一竖一勾便写到了"不惑"。年头排到年尾的日常，工作是袍子：外幽，内里缝着光。若细看，那密密的针脚里，皆是生活的凸起，是对自己的真诚应答与交代。

回想儿时，父常谕：做事，恒勤行实细而稳。长大，师亦常嘱：为人，持温秉润敛而收。更常记祖辈们的声声叮咛：对人以良善做底，对事揣赤子之心。如此几十年，也算无有悔憾。

时间轴上的 2021 年，是一驾来自远古的牛车。这一年里，有紫烟白袍的老子，有跋涉笃行的孔儒，我的生命在神牛、仁牛的图腾间延续。这一年里，有案牍夜夜，亦有莳花闲闲，去了想去的地儿，见了想见的人，纷乱里调匀呼吸，一切贵的变得更贵，惜的自当更惜……

幸福树

阳台的幸福树又蹿个儿了，笔直的干，循序而上的枝，日日舒展的叶。阳光下，那绿啊，能铺得人心一片柔软。

林迹

　　"幸福树"一词关联于我缘起多年前。办公室初见，没有一丝惊艳。之后，我给水，她长个儿，一个不勤，一个不娇，相安，不厌。一日，忽在叶间瞥见钟形小花一朵，拨叶细看，两朵、三朵，黄绿色的幸福就这么雀跃扑面。因着这份不期而遇，我的生命从此便就多了这一树幸福。

　　几年前因挪了住处，幽兰阁里的老友往家里添了一盆，起先置于客厅，"群山云海"（墨宝）之下悠悠丛绿，居数月，许是久未亲近日光显戚戚然，后将其转至阳台，自此便有了开头那段风生水起。

　　幸福树拔个儿皆为对枝向上，无旁骛，相扶持，一枝似一人，新老枝条共存一段时日后，老枝会主动脱落于地护嫩枝继续伸展，每一个嫩枝上，皆能清晰见其叶子逐日打开之状，生死轮回里，有重心，知进退，默默绽放。与之朝夕相处的近千个日子里，她一直向我传递着幸福的奥义。

石头

　　客厅书架两旁分立了俩玻璃瓶，一鼓腹敛口，一弧腹撇口，问里头是啥，用七岁魔童的话说："姑姑，你养了两缸石头！"哈哈，是的，这两"缸"里有月牙泉的沙，东海的螺，还有从天南地北背回来的石头。云南、西藏、四川、青海、新疆……那是从阿尔泰到天山祁连，从昆仑到唐古拉横断，我一路虔诚护回来的"经书"呢！

　　"火成岩、沉积岩、变质岩……"我对着魔童念了起来。"玉石、斑马石、乌龟石……"魔童也兴奋着，"姑姑，你养的石头能长大吗？""能呀，他能从你这样大长到我这样大！""哈哈哈哈哈哈……"亿万年天地之精华，自该有我们的凝视与敬畏，不是吗？

半云半雾

炉子上的烤年糕进了魔童的碗里。"小心烫啊！你先一小口试试！"

"啊！烫呀！半云半雾的烫！"我愣了三秒。

魔童的这一句"半云半雾"自是随口拼凑的，然听来却又格外玄妙。这是痴迷听书的小子记住了《西游记》中如来嘱咐观音的那句："这一去，要踏看路道，不许在霄汉中行，须是要半云半雾；目过山水，谨记程途远近之数，叮咛那取经人。"

一部《西游记》，一路神妖仙魔，实实写的都是人性。崇尚"上头有人"的说"取不取得了真经看你是不是如来的人"。笃信"自修成佛"的说"历经万难，矢志不渝"。无论怎样，小说中的命定取经人终闯过了命定的九九八十一难，功德圆满。细想这设难之人——"观自在"呢？既在故事之外又在故事之内。这"半云半雾"之状，大抵是生命内观外展最该有的姿态了。

大德说："人人都有观自在，何必他方远处求"。那愣住的三秒里有悟：心有"滚烫"之属，疏名利，远是非，是谓"半云半雾的烫"。

虎 威

2021年，牛车声渐远。

2022年，我们循虎威而立。

祝福所有在自留地一路陪伴的朋友：

愿岁月多情，心康体健！

愿似苍山之虎，威立自现！

愿左手如意右手剑，"无明"皆不见！

拂塵

感谢生命中那些给你"煎熬"的人和事

当我们看到一个人在困境中挣扎时，总会很自然地联想到一个词——煎熬。

从篆文中看，赤足履火向前行进的画面叫"煎"，是古代火刑的一种。而难忍火刑嗷嗷直叫的画面就叫"熬"，"忍受"的同时也蕴含着"坚持"。

谁都可以想象大火猛淬，小火焖煳，左右翻腾，上下冒泡的滋味会是怎样。如果可以，又有谁会愿意亲历这样的场景呢？只可惜，漫漫人生，最缺的就是"如果"。凡人的修行路上，生理、心灵的煎熬似乎从来都不会少。可也正是因为有了它，"安逸、舒适"这样的词才有了存在的价值。

不同阶段的生命旅程里，除却避无可避的天命之事，总会遇到几个给你制造"煎熬"的人。你若是红孩儿，他就是"猴子派来的救兵"，你若想求取真经，他就是西天路上的一众"妖魔"。可猴子的救兵也好，一众妖魔也罢，说穿了也无非都是南海观音的净瓶一挥。

三月以来，身边的琐事不断，什么都无法拒绝什么都想做好的结果往往是屡屡地"为难"自己。难于"心"，难乎"性"，更难在"情"。

很多时候，起初的接受远不是最难的，难在过程中被裹挟着偏离轨道却仍要"无知""无畏"地前行。大林子里见到怪鸟不能尖叫，大观园里看戏亦不兴喧哗。终于明白，所谓的淡定原是得有厚厚的"煎熬"来支撑；所谓的云淡风轻，也得是狂风暴雨之后的澄澈空明。

可即便是这样，每经历完一事总还忍不住扪心追问自己：或得？或失？就在那无数次的患得患失过后，终也能稍稍地了解到究竟何所谓"得"何所谓"失"了。虽说宠辱皆忘的心性不是说练就能练成，把酒临风的洒脱也无法轻易寻觅，然这样的日子久了，多少也能练就一些在不平衡中寻求平衡的本事。

生命的沙漏里，很多事都因势坠落了，很多人来过也都被后来者渐渐覆盖了。终于发现：能在众多煎熬的人和事中屡屡感到自己的浅薄和渺小竟是一件好事呢！

感谢那些煎熬成就了一个有故事的你吧！因为能被人追忆的人生，原本就是一个个故事绕成的茧。白茧成型需有为蛹的坚韧，就像能游走于刀刃之上烈焰之中的人生，必是"勇气""智慧""时运"的结体。世界是公平的，给你故事的同时也赐予你获得宝贵晶体的可能性，而最终能带着这些宝贵的东西从故事里走出来的人，才能在历史的长河里延展出一缕专属于他自己的丝线……

且以清风伴明月

安安稳稳走你的路

睡前听了曲《一尘半梦》，傧哥的声音里自是有些行脚的味道，他说他是虔诚的佛教徒，如此挺好。

记得那天有人跟我说：信唯一也是一种我执。这话不无道理，可若能让当下的自己安然，信不信的，信什么，又有什么关系呢。

这些天，张扣扣案沸沸扬扬，因因果果拨来拨去，内里全是人性，血淋淋。

也许这个世界的根本问题就是谁看谁不顺眼。自己看自己不顺眼许能拉动经济，自己看别人不顺眼就容易生"斗"了。只是这"斗"虽起于一地鸡毛，过程却又长又深，埋了几家众人。

旁人呢，那些越有话语权的人总是越容易占领所谓的道德制高点，而人们却又总是容易看到所谓的真相就迫不及待地纷说。这世界就这般热闹着。

躺着听歌，歌里有两句话很跳：

你在为谁把路赶

来人世一遭，赶不赶的反正你都在路上了，没人问你意见。至于走的什么路，是风风火火还是懒驴拉磨，全在自己。但若是赶了一辈子路，又临了才发现没带上自己，那就真是有些悲催了。

蒋勋的那句"对他人的批判不叫道德，对自己行为的反省才是"

配着曲子也是应景。早在几千年前圣人就提出以"仁"为核,以"礼"为形。内容形式由内而外的统一是个体一辈子的修行。为谁赶路？明晰是为自己之前要先找到自己。

安安稳稳走你的路

西天取经,你安稳走路,路上却不安稳。就像念头这东西,你不动它,它不动你,一念邪起,就容易伤人,若性格太尖,偏锋也利。

经历了众多之后终于明白：生活,不是你做好迎接他的准备,他就得被你接到的。很多时候,他都不太绅士。就像有些硝烟：结束,甚至都还未来得及吹响冲锋。

那就一天天踏实吧,缓慢位移都能沧海桑田呢。

拨看复杂事态里的简单原因,不为不长久的东西累人追求。一如祖母所说：心好、度量大,安安稳稳走自己的路,如此,就好。

把情歌当情歌听

动听968的声音从木质收音机里流出，一听就是几小时，在烧、洗、拖的节奏里，"生活"演绎得跳跃又真实。歌神的《一路上有你》，黄品源的《你怎么舍得我难过》，沙宝亮的《暗香》，搜了才知道歌名的《心愿便利贴》……陈年情歌，听起来格外醇醇。

老歌之所以能老是因为不同的人听不同的味，即便同一人不同阶段听也是不同。

很多年前听《一路上有你》是真的只听见了那句：一路上有你，苦一点点也愿意……很多年过去了，如今再听就只剩"你知道吗"这开嗓的第一句了，歌神的演绎之所以传神怕是也因为他早就读懂只需这一句便已将整首道尽了。那句"你知道吗"像极了《天上的街市》里的"我想"。很多年前我也是在课堂上拼命解释着几个"定然"的那一位，如今，已然学会领着孩子们读拉长的有无尽意味的"我想"了。

也同样是读《背影》，想着自己曾教了多年的"父爱"又看一拨拨的新讲台在继续着"父爱"，如今呢？怕也早已明白简单定义的"父爱"背后是那份代际间生命流转的真实，那促狭至开豁的顿悟才是让人真正潸然的地方。

佳节又重阳了，圈里晒着各种祝福与感谢。

其实很多时候国人之父母子女，多是不断地相互说服的现状，有时还激烈，之后怕还常常伴用无尽的冷漠替代。

爱是愿景，是美好，然抵达爱的路径却常常曲折。真正的和解，怕不是终于认同，而是不认同下的真正理解。很多年后，我也终于明白：歌也好文章也是，作品的达成是始终要建立在人生的达成之上的。"爱"呢？更是。

生活，有人选择舒服，有人选择有用，自是不会皆作认同。

千帆历尽，我们也许仍学不会妥协，但却也多少学会了些温柔，温柔地待自己，温柔地待家人，温柔地对待每一个曾走过我们生命的人……

写到这儿，闻楼下似有一女孩吼了一句：就让它随风飘远——虽有些跑调，但重要的是：请把情歌认真地当情歌来听。

巴音布鲁克·虹（俞赛琼摄）

冷与热

> 千载风流，万年寂寞，
> 不如拈花一笑。
> 来自何方，去向何处，
> 一问便是迷惘。
>
> ——《李叔同传》

脊背透凉，一早冻醒。脑海里无端冒出一串"冷"词：

冷淡，因冷而淡，从情而论，"淡"往往始于"不见"，杀伤力极具；

冷漠，冷酷，可视"淡"之延伸，因"不见"所以漠视，眼中无人心中无情，继而残酷、残忍、残缺，红尘为人终是不会圆满；

冷落，冷峻呢？前者飘零，后者肃杀，是宏大的空间亦是轮回的时间，在一片无尽里更显荒芜，更觉凉薄。

国人造词，慧心妙相，与"冷淡"相对的不是"热浓"，而是"热烈"，酒因浓而高烈，人因淡而消情。故世间有"热情"一说，而"冷情"一词从来只觉生造。

昨日夜读《李叔同传》，自问清风朗月之心无法全懂，反被这冷热交替的人生纠缠起更多愁绪。不空、不悟，只因身在俗世，心处红尘……

早年读史读传，多见豪门世家之子，才有那繁华风流之资。少时多半有较高的禀赋,受极好的教育,满身才情,满眼风月,满心欢喜。之后呢?悲伤萧索总在幸福安详之中伺机而动,实是无常。

大师的前生唤作李叔同,也叫李良、李岸、李欣、李息霜……一切随心而定。五岁习诗,六岁诵《文选》,十几岁名震乡里。世人评价:"做公子,像公子;做名士,像名士;做话剧,像演员;学油画,像画家;学钢琴,像音乐家;当教员,像老师。做和尚,像个高僧。"他的前半生恋过许多风景,亦被许多风景恋过。

原配俞氏,戏子杨翠喜,天韵阁里李萍香,朱慧百,谢秋云,高翠娥……异国远随的诚子。于他从来都是随心而定。有过痴缠,有过欣赏,有过感激,更有过决绝。

世人都说他慈悲,落座之前,离世之时都不愿伤及虫蚁,可他却又是实实伤过两个女人。西湖白堤,小舟埠头,当漂洋过海为他而来的诚子强忍悲痛问出那句"什么是爱"时,他说:爱就是慈悲。何等淡然?!又一声"先生对世人慈悲,为何独独伤我?"就像一块巨石落入湖心,却始终听不到回音。他是孤峰朗月,她若硬要"掬水月在手"又有何用?

是呢,在不负如来不负卿里,他的选择从未犹豫。后世的他唤作了弘一。

很多年后,人们总是试图从他迥异耀眼的人生中极力解读他的某种大慈大悲。说金刚怒目,不如菩萨低眉。说红尘清浅,所有遇见都应该是谢谢的关系。对局外人而言是的,欣赏、赞叹、仰望,试着理解就好。局内人呢?也许唯一需要的——是漫长的时间,与时光磨,与自己磨。

生命有很多不同的呈现。异于常人的都成了故事,就像《月亮与六便士》里斯特里的疯狂转身。就像《霍乱时期的爱情》里阿里萨 53 年 7 个月零 11 天的自我救赎与最后的那句"永生永世"。爱情从来都不是得到,得到也从来就不是爱情,亦如理想……

冷与热的纠缠里,熊熊烈火也好,易冷烟花也罢,要相信打败自己的永远不是别人。世上最一流的悲剧，也莫过于自己跟自己干了一辈子架。

　　冷暖自知的岁月里，天不过阴晴，人不过聚散，有生之年，带上诗，带上画，带上丰盛的自己，足矣。

冷与热（俞赛琼摄）

不重，不轻

午后，一觉睡得如五岁孩童深井打水。窗外，剧烈变天，风卷叶翻。

连日的高温加主人的疏懒，让阳台花盆里的葱韭都成了战士。那日烧面，现"做"的几粒葱花，着实被地主朋友大肆取笑了一番：你这也叫收成？"谁说不是，她长多少我享多少，挺好，葱花也是花啊！"这般痞样也只在对着她的时候了。

可谁说不是呢，客厅的夏日是日日能见到夕阳的，极美的夕阳下葱花韭花自也别有风味。"审美"也许是人关联世界最具意义性的词，也是生而为人的幸福原力。

想起多年前西安的出租车上司机抛来一句"大夏天的，干吗跑西安看坟头"的尴尬。是呢，这跟跑到尼罗河边看"破石柱子"一样尴尬。这个世界，有风景没眼睛始终悲不过有眼睛没风景。

这些年每每背包远行，母亲总会说：有什么好去的，都不知道你怎么想的。那是厚厚的担心加硬硬的不理解。太冷、太热、太高、太远……都是父母担心的理由。很多年前，关于远行我在《西行记》里是这样写的：

人们出行的最大原因是为了寻求"改变"。改变心情、改变空间、某种程度上甚至可以改变时间。旅行之于我就像是在既定生活轨道上的偶尔偏离，妙处在于可在分出的小路上短暂地享受人生的"不一样"。它可以让你在无数的未知中肆意的穿越，穿越在那原本与你没有任何交集，却因你的靠近而开启的奇妙缘分里……

如果说那时候的远行是"变",是"避",本质是欲抽离,那么,多年以后,学会了面对,学会了如实,学会了动是为了不动,远行于我成了"梳",成了"理",是生命有呼应部分的真实印证。

贴着生命寻得证悟是如今远行的最大理由,那该是种高山流水的交流,心迹清晰,脉络可循,不盲,不从。因而,审美这回事自也有了另一番天地。

松下听泉,月下听箫,涧边听瀑,不作不闹、不急不躁,五识俱全心未盲,何其有幸,当感恩。

然而,又该明白,空山无人,水自流,花亦自开。所以始终感怀:生命,原没自身想象般重,然而确乎也不能随意地轻。

让金黄变得金黄

"冬，幻化成叶的模样，月下馥郁的金黄搬了家。"这是初冬时写下的文字，就一行。是想着飞霞的黎明，想着金黄的银杏，想着城市角落里各色早起的行人写下的。

这些天的课堂里，一个男孩儿总用他低垂的头颅累我注意。他太困了。蔫儿黄蔫儿黄的，开合的眼皮频闪着挣扎与努力。从踏进教室到他背着书包回去，这样的状态已持续很长一段时间了。

我们都急。

男孩母亲说他晚上一直正常睡觉的呀。男孩父亲说我们仨生活都没有异样呢（各忙各的，都有得忙），前几天我们还在跟他说考进某某高中就奖励他1万……

一遍、两遍……沟通无果。生活，还在继续……

一个曾经无比灵动的生命就在这样一片正常声里不正常地独自抗衡着。除了心疼，无能为力。

在这个行业这么多年，这样的事例自不少见，更糟糕的是每况愈下。混沌的生命是从来无法给其他生命带来光明的。这一点我一直都知道。

所谓父母子女，从生命的独立关照来说，我的遗憾你来补，是自私。为你好你就得这样，是侵略。其他都没关系只要健康快乐就好，则是虚妄。

自私和侵略有时还可以带来所谓的成功。可一直的健康快乐原不是生命的常态，于无常中寻"常"就容易坠入无明。无明易生无知，无知就会带来无能。生活的残酷就在于不可能永远健康、永远快乐。直面成长与生死才是生命应有的轨迹。

困顿中的老农告诉孩子读书是唯一的出路是一种我执，可我们也会觉得这样的父亲很伟大，但当上述那位没有温饱之忧的父亲对孩子的科学、艺术、人际、语言有更高阶的我执时，这种"伟大"的感觉为什么就凭空消失了呢？因为这种所谓的"人生规划"更多地缺失了当下对自身和孩子生命幽微的探寻。就像林谷芳老师说的：你得看清自己是孩子怎样的参照系；你得照见自己的残缺，才不会为难孩子；你得明白生命的延展不只剩下硝烟，不需要全副盔甲严阵以待；你也更得明白当你还在稀里糊涂画自己的生命地图时你又能用什么样的姿态去关照孩子的生命地图该如何绘制。

如此，心外求法——本不立，道则不生。

很多时候，我们穿着洋装学跳霓裳舞，我们羡慕着咖啡谈茶道，我们厌恶着泥巴去"亲近"大自然。我们不得不起，不得不吃，不得不干，不得不睡……

太多的无明堆积出现代人一种"恒常"的生活状态。而这样的生命却往往容易缺失"童趣、生机、侠骨、诗心、大化、有情"的加持。

烦恼生，关照现，然而有关照却无真切的应对就不会有"菩提"。如此，应缘，去关照万物。内心安顿，生命才不会仓皇。

这世上每一个生命都是带着尊严而来，让自己的生命在有限的岁月里变得澄澈，然后有尊严地离开也许就是我们活着的全部意义。而教育的意义呢？让金黄变得金黄就是了吧！

清白之年

> 我们活得似乎永远不会死，
> 我们死得好像从来没活过。
>
> ——多丽丝·莱辛

下意识又在六点惊醒，十几年的习惯了，几天甚或几个月都无力改变。习惯用右手，习惯睡左边，习惯甜，不要酸，习惯一路向前……

2018年的冬天于我来得过早，早到无患子尚挂在树上，银杏的金黄还未翩然。耳畔的风是冷的，突然想起刘亮程的那句：太阳照进村子里，顺便照了一下他。竟感觉每一滴雨都深裹了一个故事。

铺天盖地的习惯突然改变时，人自然吓得不轻。平衡与失衡间会有一个重建的过程吗？唯一需要的也许只是时间。世间大有开合，小有聚散，那些突然的无常方是真正的永恒，习惯又算得了什么呢？！

我笑着跟亲近的人说我在渡劫，回应斑斓：

"我在渡劫。"

"别渡了，想吃什么？我带上食材给你烧碗热腾腾的团笋炒年糕！"

"我在渡劫。"

"事情不是静止的,很多事不是过去了就能一马平川的。"

"不是应该安慰说过去了就一定会一马平川吗?"

"呃,原谅我的没有共情。"

"我在渡劫。"

"你有太多的好,老天拿回一点点,不必太介意。"

"我在渡劫。"

"明天可以再渡过的,早点休息。"

……

最后,我笑倒在那句"明天可以再渡过"里。

当下饿了,找吃的;不能共情但人却站在你身边;有人为了得而无情地舍,有人痛心地舍反而意外有了得,谁又说得好结果呢?

一句"早点休息",大道至简!那就该吃吃,该睡睡吧,生命本质虽在时间里被填埋,被永恒覆盖,但无论如何我们不能活得似乎永远不会死,也不能死得好像从来没活过。

拂尘

安

  这些年很少在自己头发上费时，那日路过一家老店，出于信任进门洗了个头。

  理发店还是理发店的模样：女孩清一色一步裙低领套装，几个男孩呢服装发型夸张各异。洗完待吹，照例有人介绍店长、经理、设计师的价位给你。

  吹头发时的消遣一般有两种：一是"设计师"找你搭讪；二是你听他们聊天。

  二十岁上下待一块儿聊得最多的自是八卦交友，这边厢男孩在乐呵呵地曝另一男孩的糗事，那边厢女孩冒出一句深沉的"不要拿女人试探男人，不要拿钱试探女人"听得我竟神游起来。要换作以前，我会摇头笑笑。笑那江湖水深，年岁尚轻的为赋新词。笑那毛头小子在世故练达人面前的班门弄斧。直到生命课堂给了太多作业之后，我竟再也无法露出那样的笑了。

  永远不要用眼睛去看这个世界和这个世界的人。这是我在多年生命证悟之后才真正懂得的道理。因为你永远不会知道那个二十岁女孩在说出那句话的背后经历了什么，就像你永远也看不清世间的幸福和苦难背后究竟掺杂了怎样的隐忍和挣扎。

  本土文化里，人们总习惯把外表装饰得光鲜亮丽，却把无尽的悲伤留给自己。如果可以，又有谁不愿缱绻卿卿，温柔现世？

  发已干，那句"质朴的长发好看"的话还在耳边，恍如隔世，看看镜子里的自己还好没有走失。

大千世界，做不了"不谙世事"就做那"洗尽铅华"，那一句"难得糊涂"又岂能让岁月磨成了"何必认真"？

大步回家，小区楼下乌漆漆的修车店里还在放着动听的歌曲，菜场门口搬条小凳挍箩片的老人还在微笑着推销他的笔帚。

花开自在，叶落归安。

告诉自己，千万不要在头破血流之后只悟出一番人间不值。

也祝福身边一路走来给予诸多关照的人儿：纯粹、无畏。

道一句：流浪归来仍有梦，出走归来仍少年，安！

拂尘

歌声金色，笑甜甜

好久没有闻到广玉兰的味道了。路过新中的东围墙，那排曾经每个枝条都挂满故事的老梧桐是遍寻不见了。一伙聪明人竟还试图用水泥抹平这场刚发生的残忍谋杀。如此，路倒是平了，可一些人心却变得坑坑洼洼。

不良的心绪积压一路，过转角，刚想弃淑女形象骂咧两句，一股馨香沁入，好熟悉的味道，久违！那是一棵从墙内一直开到了墙外的广玉兰。一朵朵，荷花一样的形状，洁白镶嵌在葱郁的绿意里。那一刻，我仿佛又找回了记忆深处那份凉凉的柔滑的细嫩触感……

一年级那会儿总觉得学校的中心广场特别大，四四方方，圆形拱门，进门左手边栽的是两株桃树，一株白，一株粉，都是复瓣的。偶有白瓣里夹一缕红丝或粉瓣里蹿出个白点的。当时曾很认真地想过那一定是两棵树玩耍握手时留下的。

门右边靠墙的就有一棵广玉兰，从数量上来说她应该算是我们学校的"校"花了，广场中心那棵更大！六岁的小女孩在八岁九岁的人群中本就显小，在这棵"大树"面前就更是了。花开时节，天天仰着头看花，看多久都够不着，就只能天天盼着树上的某一朵在上面待腻了蹦落下来，仨俩要好的女孩，一人一个花瓣，当勺子舀水玩过家家，笑意里满是沁香的甜味儿。

是有多久了，家中琐碎，案牍芜杂，高压之下紧闭了五感，终于一场风寒来袭，身心便彻底地不安起来。五月，花依然寻信而开，

175

药还是继续吃着，只是，他们都没错，错的是我。

　　归家路上，还遇到一对晚归的母子，大小行李箱一人一个，男孩蹦出老远演唱会主角一样地吼着。小区静谧的暗色里我看到了他的声音——是金色的。被他歌唱的姿态吸引得太深，歌词反倒没那么重要了，只记得一句：这是我的家，这里住着爱……应景！应心！

心花（俞赛琼摄）

闩里有痛，有坚毅

痛是记忆的闩，它是关也是开，
是裹紧，是深埋。

01

秋阳正浓，贪晒垫子被阳台书架的尖角狠狠戳了一下，痛——然后木——然后阵阵隐痛……"你就是走哪儿都不看的！"耳边响起邈远的嗔怪，想起无数次膝盖、脚趾与硬物的对抗，想起多年前那个被鲜红定格的黄昏……

四岁前，我是外婆家的常住居民，"外婆家"三个字自那时起就注定是我心底最柔暖的角落。四到五岁幼儿园，六岁蹦到了小学，一年又一年，十五岁之前的每一年里我都急切地盼望寒暑假，因为时间一到就可以住到——外婆家。

可为什么是"外婆家"呢？明明那也是外公家，且外公还是一家之主呢！谁更近便是谁的了吧。虽然"二八"自行车横档上带我飞翔的是外公，但每天搂在怀里哄着睡觉的是外婆。

八岁那年，嗯，仔细想想，或许七岁吧，和舅舅阿姨家的俩奶娃玩捉迷藏，顶楼晒台上一小人高直径的铁圈，是我们当时的道具。由于"海拔"超标，带着他们钻进钻出的我连撞了好几下。小孩儿嘛，玩儿是正经，磕几下算什么，且似乎也完全不痛。

就在分贝冲天的时候忽感脑门一股湿湿的东西顺下,用手一揩,竟不是汗!天呐,红色!于是,慌,愣神几秒后号啕大哭,一路揩一路哭一路往楼下挪,生怕自己走快了那红色的怪物会吃人。身后的俩"小伙伴"虽不知道发生了什么,但想着也是要跟着一起哭的,于是,一片惊叫声里救星——外婆,出场。

救援的现场是相当凌乱的,先在龇牙咧嘴里用土办法止了血,有没有去过医院是真不记得了,脑海里最出挑的是事后伤口不能碰水但又要把满头的红"洗"去的画面,外婆用热毛巾一次又一次在伤口之外小心擦拭,盆里的红水倒了一遍又一遍,那泼出去的会不会是我今生的机灵与可爱呢,我当时很正经地想。

02

稍大些,住剡溪上游,在父母身边,夏日玩水是必备。狗刨的泳式是在无数次呛水里习得的,那会儿先是苦练电视剧女主的绝技"飞鱼转身",再是学人家跳水队员从两人高的小桥上往水里扎,一不小心,妈呀!脚插在了玻璃碎片上,又是血染的风采,钻心地疼。跷脚走了个把月,好了吧,竟还敢扎。

后来的事迹哟,脑袋被手肘怼,天气变变,伤处隐隐;还有那骑车掉水里的,溜冰摔四仰八叉的,高坎上滚落的……

再往后,甚至还有过躺平被推出手术室的经历,过程无力申诉,但因为彼时心是圆的,像儿时铁圈捉迷藏般纯然,所以也便无畏。

一晃多年,渐渐明白:比起外力施加的种种,内心无能为力的痛才是更痛。

就像看着生前的外公什么都不记得了还知道拄着拐杖给我摘没长开的金橘,楞说好吃;就像近年的外婆老念叨:琼啊,真想来看看你过得好不好,腿脚都不听话了,你又在高楼(没电梯),这辈子怕是没机会了;就像十年砌筑的城墙,一语崩塌;就像太多的离开根本来不及告别……痛!

03

痛,是记忆的闩,抽开是勇气,深埋是砥砺。修修整整里,告诉自己:

春天的扬、夏日的烈,秋天的收、冬日的藏,过去过不去的都在过去,没什么,当下有痛意,未来有坚毅。

乡(俞赛琼摄)

清　明

　　春寒不倦，清明已至。这几天，听到的尽是些同事的亲人相继离世的消息，昨晚还累事生梦，心有些郁郁。一日之晨，原本是办事效率绝佳的时刻，身边杂事多如原上之草，却还偏偏无法启动。

　　"乱"者，因为不"空"。欲"空"，那就索性坐下来慢慢"倒"一会儿吧……

　　记得昨天的课堂里我还跟孩子们在分享冰心的《谈生命》，当讨论到生命的规律是什么时，一个平时不善表达的男孩子却不假思索地喊出了"生老病死"四字。是呢，我肯定他：你的回答真是一语道破天机啊！我当然知道那一刻我所领会的"生老病死"和孩子们嘴里轻易道出的这四个字是全然不同的。就像那天几个不同年龄层的同事坐在一起听一个快要退休的老师说："某某，有个问题我们是常常想到了的，你是肯定没有想到过的。""是什么？""什么时候会'走'啊！""哦——"。此时，中年的同事陷入了沉思，青年的同事比如我就是在一旁笑出声来的那种。此刻想来，我那时的表现跟课堂里的孩子们是无异的。任何事没落到自己身上时是永远无法产生同感的。世界上原本也不可能真的存在"感同身受"一说。就像对"事"的行业永远无法了解对"人"的行业里那种每天应对鲜活生命时的艰难修行。教育如是，医疗如是。

　　之所以想到医疗也是因为一大早看到的一篇文章。医生也好，病人也罢，好的成了故事，不好的成了事故。再退一步说，即使是故事里的事故也好，事故里的故事也罢，凡是出现在这场戏里的人还不都是奔着一致的美好愿景去的吗？

有人说，医院里最多的哭泣声来自于儿科和肿瘤科，一些是关于爱，一些是关于恐惧。这话想来也是有理的。不同的是，前者发声于外，后者止声于心。

恐惧的感源大多来自于"未知"，一个人在一个熟悉的空间里待久了，要撇下一切的习惯斩断一切的不舍独自奔向一个莫名的境域。前路迷茫，谁能轻易释然？于是，我又想起了那日的课堂里和孩子们讨论的第二个话题：生命的本质是什么？小伟说是活动、滋长；小嘉说是快乐并存痛苦；小莹说是坚定与执着……看来他们是都读懂了百岁老人想要向我们传递的那种"生命力的蓬勃和达观"。

经历真实的当下，诚悟一切的美好，接纳所有的云翳。然后，循着天道，又自然地离去。记得也好，忘掉也罢。至少我们可以坦然地对自己说，我来过！听，那踩在人心坎上的每一个脚步都是那么坚实！那么脆亮！

且以清风伴明月

生命，合适始见安然

　　朴素的信念与既定的轨道结合在一起，就是简洁明确的一生。

　　——孙小宁

　　阳春，蜂围蝶阵，无数个拔节声后万物挺立。一场远方的修行，一堆眼前的苟且，忙，如是。

　　三头六臂之后，错综复杂之事终一一得解。原本，很多时候不是时间够与不够，而是同样的时间交付给了不同的人。始悟：减法，真加法也！

　　"极简"是生命的至高境界。

　　"简"是"繁"中的跳脱，是能力更是定力。是用生命之沙幻画人生大作的艺术。或云或风，或雨或雾，随心，顺意。

　　然生命的复杂不但在个体本身，更在时代。时代的漩涡无处不在，一旦卷入就很容易被撕裂，生命的残片最后便再也无法拼凑出一个像样的人生。

　　所以，要做到"极简"就必须尽早看清自己要归属的那个"一"，且不断地"拔高"，让自己能看到更多层的"物外之物"。

　　如何做？其一，所看之人得不断修行"看"的本领。就像佛禅里的"行脚""云水"。生命的证悟必须是内外通达的。其二，所交，得是能带你进入更宏大时空的人。这是机缘，或许可求但更多的是可遇。

那日，翻林老师的《落花寻僧去》。读至一半，被文字带入，于是便有了大晚上躺床上调低音响听蒙古长调的念头，事后证明，那就是种坐在雪乡的炕上吃西餐的违和，或许更有些南方人搓澡北方人冲凉的尴尬。猛然想起十几年来自己的工作、生活，这样的违和感和莫名的尴尬不少啊！

还记得孙小宁在对话林老师时说的那句：禅者的智慧在于能时刻提醒我们，而智者是能洞悉自己的临界点的，所以在做与不做之间，他们往往就能呈现出清明的生命轨迹。

是呢，学孔子你就尊你的礼循你的义，学庄子你就鼓你的盆钓你的鱼。

如此，合适，生命始见安然……

车辆左转弯请注意安全

"车辆左转弯请注意安全车辆左转弯请注意安全车辆左转弯请注意安全车辆左转弯请注意安全车辆左转弯请注意安全车辆左转弯请注意安全……"此句以这样的方式出现在窗外已有大半日了,折算成小时——7个。

工地上,搭架、垒石、夯土、浇筑,三五天一幢,这般的急急促促已经持续很多天了。对于居住在附近的人来说,清晨到深夜外加正午不休的节奏把一天拉得格外韧长,这一整段日子怕是早就过得如撕扯织错线的毛衣般懊恼。天是热的,人是,活儿也是。一切就像跑得过时间一样地进行着,一如大楼推倒的速度。

且不管能用上几年吧,"水泥盒子"以最快速度立起的那一刻,人们似乎总有一种征服一切的自豪感的,一种把时间远远甩开了的错觉。房子是,街道上的花木是,人更是……

月季"树"

总有人对街道两旁的月季树充满称道,是的,月季——树,园艺界的新技术。粗壮的干,插上十数条花枝,齐开时像极了20世纪80年代录音机旁的塑料花束。整排齐发,人行道上是极热闹的,但那以强势盖过绿色灌木的红粉色块怕是早已不能称之为"花"了吧,那叫"真"的东西呢?新技术似乎是真的好,能开很多轮,且又大又艳,色块存在于城市的时间仿佛真的被征服，人类胜利了。

人

暑假因暑而假，是，似乎也不是。对于许多孩子来说"假"是假（此处三声）的。三岁的忙早教，幼儿园的忙读小学，小学的忙读初中，初中的忙读高中，高中的呢？就跟马克·奥斯本镜头下《小王子》里的小女孩一样，被"精准"规划"精英"教育着。越"高级"的学校越精准。

都市丛林里，那些孩子眼神中本该有的雀跃与渴望都哪里去了？

作家刘亮程说："每个孩子都生活在全人类的童年。从孩子身上我们看见遥远的祖先。祖先繁衍养育了我们，现在回头看，祖先就跟孩子一样。"所以，那些骨子里传递下来的呢？是否人活一世又回归的还是他孩提的本身？那么，中间一切所谓习得的过程意义又在哪里呢？

当我无比生气吐槽与某些人没什么好说时，六岁的孩子搭腔说：姑姑，你还可以说"你好"。彼时，我的心是大跳了一下的。当我俩在四楼天台看星星，他突然拉着我往一楼跑，边跑边喊"快点快点，来不及接星星了"时，我的心是大跳了一下的。当他有一天凑到我后背跟我衣服上的米老鼠说"嗨"的时候，我的心也是大大跳了一下的。那是哪位哲学先贤也曾说过做过的吧，看，一个六岁的孩子，都会！

生命之轮向前，或声势滚滚或涓流汩汩，无论怎样都不可逆。别一路想着以为能甩开时间征服一切，时刻提醒自己别一路丢又一路找便是。

文章是在"车辆左转弯请注意安全"声里写就的，许是也会有些聒噪感。傍晚时分，窗外还在继续，姑且就取名《车辆左转弯请注意安全》吧！

我们一起过节吧

"喂？大阪吗？""在呢，在呢"一圈深蓝里传来了立时的回应，"刚出门，带娃去百货商店买点圣诞节的东西"莉说。

一看日历，24日，哦，原来是个红色的节日。因为12月21日这个带节奏的日子踩踏出来的红很是触目，所以"红"于近日的我是"透明"。

早上，扬扬外婆穿的是好看的绛紫色，这件衣服一年里只被宠幸一次，今天是绛紫的节日。

扬扬外婆还说，今天是扬扬妈妈的生日，不在妈妈身边的扬扬也是要吃蛋糕庆祝的。外婆还会带扬扬去买好多小可爱回家一起装扮家里的红豆杉。对喽，就是红豆杉。今天，对幼儿园的扬扬来说，是红色的。

三年未见的学生找来新办公室看我，刚参加完艺考，新的形象，新的笑容，嘴唇是红色的。她说老师教她们化妆，她说老师教她们怎么把一条绿色的椅子说成红色（说是绿色椅子是今年卖得最红火的），我一直微笑着看她，她一直在说，她说的时候是火热的，是红色。

朋友圈里，过不过节的争执比往年似乎少了些，沉寂是所谓的明晰还是和谐，无形的线，有些明显。沉默，是不置可否的懵，总也有些是不可言说的醒。

1931年，圣诞老人从绿色变成了红色，荒诞的附加里难道还挣脱不出节日的意义？

以赋予永久留存的意义为名，人们延续着内心的美和好，是节。那么，能穿越时间的节又怎会跨越不了空间呢？

如此，过不过节的，与节日有什么关系，与红色绿色有什么关系，与西东又有什么关系。

带上今天收的早安和午安，走！我们一起过节去。

节（俞赛琼摄）

她摇摇头说不，可她心里说对

  斜阳微烁，无息子落地的声音，实实地，我跌进了西元2017，那个也叫开元4714的时空里。

  工作很多年了，从没忘记踏出校门时恩师叮咛过的那一句：年轻人，走哪儿都别闲着！

  或许是想着要沿袭"好学生"的心性，又或许是"接班人"的"崇高理想"在作祟。总而言之，过去的这些年里，果真没有一年是相对得闲的。满满当当，各种"充实"。从秋风里的"扫地僧"到春光里的"园艺师"，从绝地里的"冲锋号"到合作社里的"定音鼓"。万幸的是人生不光只在"平铺"，更在"垒起"。看似粘贴复制的生命也一直在大口"呼吸"。

  然而，即使再平稳的人生也大抵该是心电图般的模样吧，假使遇上"高反""跳伞"什么的说不定还要"紧急除颤"。

  那天，偶遇一句"她摇摇头说不，可她心里说对"时，锁钥契合度之高只一下它就闯入了我的心房。这让我想起很久以前遇到的那个填字游戏：见到"土虍"，你首先想到哪个词？有解读说，积极的人生看到的是"老虎"、消极的人生看到的则是"考虑"。这么解释似乎也有些道理。在看到那个句子的瞬间，我的脑海里几乎一秒钟又有了另一个句子"她点点头说对，可她心里说不"。两句话读起来都是那么纠结，不同的是，就当下的我，前者让我想到了承受后的"蜕变",后者则让我联想到了权衡后的"妥协"。人生,似乎没有绝对的"不妥协",所以,偶尔会有妥协背后的无奈;人生,也不是所有人都会有求"变"的智慧和承"蜕"的契机,所以,能感受到蜕变带来的苦痛,又未尝不是一件好事。

那种生生地撕裂,是拔骨,是抽离。难受到让人崩溃!可当一切都缓过来后那份泉涌般的舒畅便也灌顶而来。于是就有了:

朋友花瓶里匀来一支蜡梅,满室馨香了多日,把来不及吃的早饭裹上毛巾搁进花香里,忙完后竟吃出了一嘴的香甜。暮色里专注地开车,时而轻踩刹车缓缓驶过,让奔跑的机器不至于席卷出一阵冷风惊扰到冬夜的路人。理完了案牍之事,突然有了几百秒的喝茶时间,那翻腾着绿叶的瓷杯在手,又何尝不是弘一大师眼里的清水萝卜(真滋味真享受)呢?

生命和世界一样,怕在无知,却贵在未知。也许,只有在思维一次又一次的离析重组后,我们才能更多地触及只在重生时才有的那份单纯和喜悦。

就在耶稣诞生2017年,黄帝即位4714年后,一个微小的生命,正试图努力在这个时空里创造属于她自己的那份记忆。和曾经的先人一样,试图追问些过去,又尝试探析些未来。和所有有梦的人一样幻想着可以用当下的"对"去纠正过去的"错",再用未来的"对"来抹去当下的"错"。而此刻,她的内心正对着那句"她摇摇头说不,可她心里说对"翻腾滚沸……

且以清风伴明月

蒙尘随记

打印机里的咔咔声常让我看到轰然倒地的万顷森林，我竟还在毫无意义的符号堆里垒起了"正儿八经"的人生。

不知怎的，近日，"食物链顶端"几个字老在我眼前晃悠。每次见都会自动脑补出一个茹毛饮血的原始人进化成"眼睛朝天"的傲慢现代人的画面。

有时候胡乱想想，人类自认为的许多"进化"远没有他们自身标榜的那么伟大。天地万物，众生轮回，花的世界里没有人的位置，谁又会比谁高出了多少呢？着实不喜这种盲目又自以为是。

人有时候会活得很愚蠢，很可笑。人生也总会在面临一些较大的变化时去思考"活着是为了什么"这一终极命题，就像此刻的我。

事实证明，"想到——苦索——说服自己"的反复动作多做一些往往总会比不做或不太做多散发些生命的价值。但不得不提的是，很多时候打败那些自我说服能力强的人往往也仅需只言片语。一如：没有你地球照转！又如：这个世界，没有谁是不可替代！如此残忍的"真相"很容易把你天天用来催眠自己的那句："你就是你，是颜色不一样的烟火"瞬间噎进肚角旮沓里。

经历过的人都知道，生命处在迷茫、彷徨的阶段是极度不好过的。彼时，一定有些东西，要么生，要么死，最终定论的不过是局部还是全部的问题。在一次又一次的"生死交替"中，自己把自己给整明白了的叫"成功",整明白自己再把别人也给整明白了的就叫"伟大"!只可惜,世俗如我,虽已有所悟却仍埋头于把自己整明白的境地中。

其实,细纸想来,自己、别人、自己眼中的自己、自己眼中的别人、别人眼中的自己,别人眼中的别人,生命个体的所有纷扰通通来源于上述诸多的不匹配。而释迦牟尼之所以成为释迦牟尼不也就是因为所肴在世人眼里不匹配的一切在他眼里都是一致的吗?换句话说,当你能做到"你就是别人,别人就是你,你眼中的别人就是别人眼中的你"时,你的修行也就圆满了。

只可惜世间凡人大多局限!一如一个不需要别人同情的人因为你看他可怜而可怜。一句不经意间的话因为你觉得他有意而变得有意……苦修其实就是一个不断跳出原有"界限"的越狱过程。

在又一次成功地越狱之后,我坚守着自己的地界,在岁岁的秋收春种里忙碌着幸福……

落梅又纷乱

故事体质的人，生活不免跌宕。剧本精彩，主角自也不能过逊。秋日，雾气汹涌，许久不曾下雨的人终于挑了个日子滴滴落落起来。

旧口琴响了一段又一段，分明气短。夜，因着秦昊、张小厚的歌声始终未平复，此刻，屏幕里正举行一只瓢虫的告别仪式，邈远的"笛"加庄重的"鼓"，万物视角里的人类自省，微弱但毕竟有光。

白天，2035（指向未来）的教育论坛持续了一天，讨论的始终是动，又往哪儿动，如何动的问题。

玩具总动员，昆虫总动员，汽车总动员……动员，人们总擅长用别物讲故事，讲的都是自己的事。

于所有人来说你选还是不选，故事都在发生，都在活。

不同的是没有选择的"活"只叫"生活"，而有选择的"活"，还尚能"体验生活"。所以，"选择"很多时候是"奢侈"的，也最能看出一个人的底色与底气。科学家韦钰女士说教育的目的是培养知情的决策者，一个人最重要的能力就是个性化的、在不同背景下、针对不同目标的决策和创新。谁说不是呢？生命不尽，选择不止。每一次拖泥带水抑或是斩钉截铁都是不易。选错了，也许就一辈子错着活，但无论如何，活着是可贵的。

想起汉代壁画里那些马驰牛走、鸟飞鱼跃，人神杂陈、百物交错的热闹场景，那份楚地延绵的浪漫，或许是先民对人生最全面的肯定和爱恋。缥缈的美，是大美。

几千年来，人们希冀"永久"，炼丹寻仙，著书立说，但现实却偏是"暂住"，消逝方是永恒。生命的无尽纠结便由此生发。打哪儿来到哪儿去谁是谁的问题无尽缠绕那些试图挣扎的个体。

那些把自己打通又打通整个时代的敲击者们，在忽明忽暗的时间轴里，不断回响。

异时空里的他们是他们，也早已不是他们。

他们活着，活着，活成了后来每一个时代里的人想要见到的样子。总有后人欲透过只言片语找寻蛛丝马迹，试图逼近现实，然而现实也终究只能被逼近。过去的真相又重几分呢？还原？不能。不重，也不要！那些后人意念里的一个个美梦啊，分明是多艰世事里活下去的勇气啊。

顶峰时要想着下坡，低谷时想想怎么走都在上坡。高高低低的，别不动就好。动得少，想得多，是病。

斗室里，一边是"一曲长歌婉转……一梦长亭水潺潺，落梅已纷乱。"一边是"繁星如许，明月依如初。"空间轮转，踏马、飞雪、狼烟，杂乱又夜半……

自　救

无比奢侈的一个早上！

可以不用狼吞虎咽地填塞肚皮。

可以不用倒满一杯热水却只预留给自己润唇的片刻。

更可以不用在自己的心都在飘荡的情况下匆匆赶去教一帮孩子如何安顿好自己的身心……

月下，院门外的醉浆草褪去紫色的衣衫睡着了，我知道。

此刻，校园里的山茶蛰伏了一岁又苏醒过来了，我知道。

小区楼下，成排的银杏灿烂着邀我到长椅上坐坐，都邀了好几回了。

我知道，我一直都知道。

可如此"知道"的"不知道"却总会让我时时想起《楞严经》里的那段对话：

佛说：盲人没有眼睛，只看得到黑暗。那些有眼睛的人，如果处在一个完全黑暗的屋子里，他们看到的黑暗，和盲人看到的黑暗，有没有什么不同呢？

阿难说：没有任何不同，完全一样。

佛说：不同，那些眼睛坏了的盲人，什么也看不见，但那些有眼睛的人，却在黑暗里看见了黑暗。

……

若如此，那身处黑暗，到底是有眼睛的人的不幸，还是盲人的幸运呢？想来，此刻自己的境遇竟与那身处黑暗的有眼之人无别：有心有相，察得黑暗之中的黑暗，更要命的还是分明见得黑暗之中的星点光亮。这种沦陷在黑暗之中，"心灯"将息未息的疯魔，不得不说是修行路上的无边高坎，危，难以自救，却只能自救矣！

明心（俞赛琼摄）

等等，别再等等

等等

三月第一天，习惯性雨天。以水墨为底做着 PPT，想着两千多年前提到的教育该有的样子，耳边又飘过某二中的百日嘶吼。

复习，是这段时间工作的高频词，可浮躁的环境里人们似乎常常会忘掉"学而时习""滴水跬步"的道理，国文一科尤是。经典且富有生成意义的语料，语言表达的丰富经验，日积月累才会有那能力的发展和素养的提升不是吗？

母语是一个人的灵魂根系，把值得传承的文化、精神融进血液，让孩子们的生命拥有最坚实的底色是每一个国文老师该有的信仰。

等等，等一朵花开。

寒窗十数载，我们到底该慢慢教给他们些什么？是东倒西歪的汉字？是凌乱芜杂的表达？还是三分钟的阅读耐心和那出了校门便不再碰书的"决心"？路，不知从哪里来就始终不会知道要到哪里去。文化如此，人生也是。

坚毅、自控、热忱、乐观、好奇心……这些美好心性的养成没有一个是不需要时间的，而这些需要精心营造和呵护的美好恰恰是今后个体创造更多"自我幸福力"和"他幸力"的坚实保障。

等等，是一种姿态，是道，是同一个教育目标下所有人共力的过程，更是个体终身自我修复的一种毅力和决心。

就像"所有过去每一天的学习都应清晰地指向未来"。这一句本是一个常理，但越真的东西总是越浮不起。我们看上去在"等"，都快等不及了，但我们等的又是什么呢？

家长在"助威"：一心读圣贤，他日掌乾坤。学生在呐喊：一招决胜负，六月功必成。不可否认，"硬仗、胜负、乾坤、状元"这样的词汇背后站立的就是"功名""搏命"和"厮杀"。这般"黄金屋""颜如玉"的美梦里流淌的依然是千年难释的成功定义。于是依线而界：没几岁时，他们中的上者就学会了自我解嘲，中者以命扑腾，下者彻底沉沦。最后，教育对象和周围的一切都填满无尽的焦虑。

远方呢？我想这一定不是求知的本来面目。

乾坤呢？先把自己"掌"明白了吧。

好在参照的那条直线如今终于有了点浪动的迹象。那"因材施教"的另一种解释本就该是教育的以长取胜吧，背后站的应是"人与自然"的"人"。

人间月月，花神次第，才有了那锦绣山河。

一步一步，等等，我们也别错等。

别再等等

三月第二天，平地惊雷，梦中人想起前日看的《无名之辈》，那浮世向死而生的挣扎，那似有还无的意义求索，最是剧中那一曲"柳词"改编的"尧十三"。千年前的"寒蝉凄切"变成了千年后的"瞎子"，变不了的仍是《雨霖铃》的揪心与凄婉。再顺着剧情单曲循环一首《胡广生》，利索的词，哽咽的曲，心情瞬间水漫金山。

窗外，灰调里白玉兰在舒展，家里遭过劫的春爪也终将释放，但一切无补。里外湿透后，幡然……

当八十二岁的外祖母红着眼眶说有空常回来时，不再等等。
当几十年人生还没整明白生命中的几个最字时，不再等等。
当许多许多盘旋的想法一直一直挂在半空时，不再等等。
时空里的微尘啊，等等，别再等等。
是谁说的呢？爱花也可以迎风雨，一步一步：
路尽无路，还有桥……

故乡的桥（俞赛琼摄）

寂

　　庚子七月廿一，案上台历示大字三枚：宜更新。配作家野夫一行小字"昨日枕上落发，今日胃里溃疡，都是我们刚刚死去的局部"，读后略有不适。

　　多少词啊，分明"被诞生"却很不讨喜，比如"溃"，比如"死"，一字立，有万籁皆寂的本事，能令"局部"一词瞬间熄灭，更能让人完全忘记了"新"。

　　寂，常常配静，配寞。有种天生潜藏的"无"。于世俗，寂静是状，寂寞是情。于禅家则终是不同：寂，是不起念。前念已去，后念不长，为每一个当下。就像无为是一种为，寂则是一种别样的动。

　　能让自己寂寂的，生命必是开阔的。世间事拧能成结，亦能成诗，寂呢？是鲲，是鹏。

　　某日饭桌，耗了许多时，见了众多人，认识的不认识的，极闹。厢里仅剩站地，空间逼仄，心内心外都是。

　　生命空间逼仄是一种极不舒适的感受，退到避无可避是一种，胀到不能再胀其实也是。人生，缩成一个点或鼓到蹿上天都不是什么好事。但若绝地能逢新呢？破而后能立呢？则又绵延，视前事为历练。起落多了，眼里也便渐渐无起无落了。

　　夜归，知秋凉，眼前浮现老师冬夏一衲的身影，端的平稳挺立的"平"字起笔当是每天的"一"。

好久不见

江南多雨，离送归接，满是，皆是。便是那客气到看似几分无赖的梅子雨，于我也从未生厌，藕花风里反而还时时漾出些"好久不见"来。

雨至江南，无远弗届，时时，年年。每一场似乎都能找到一种对应的人生，时急时缓，每一段人生里我们也似乎都能找到那句：嗨，好久不见！

好久不见。

与天地阔，易枯。故摩诘智，始悦"独坐幽篁"；叔夜慧，愿活出个"肃肃如松下风"。常人呢？总也时时会生出些踏马寻花、帆没浮云之意来。别的不提，仅"回归"一词，已证道一。

好久不见。

与自我别，易失。好在古今中外里还有那"老骥伏枥，志在千里"；有那"万缕千丝终不改，任他随聚随分"；还有那童话里的阿拉丁用尽最后一个愿望还精灵以自由。其实，宝钗的愿还是曹公的愿，阿拉丁的愿还是精灵的愿，谁又分得清呢？也自不必再分。

好久不见。

于众生里，人生循净而后醇，只为寻见一份自在与欢喜。闲到无语，忙到词乏，都易失生趣。

迷障里，走着走着，发现"会说话的人很少，真正有话说的人更少"，说这是一种向下的无奈也可，道成一种高拔的姿态亦是。

拂尘

终其里，还在自己。

　　此刻，窗外的雨中场歇息，对街绿意里蝉声直立，一起一伏间，无数个好久不见，细品，自定义的人生，无远弗届……

见（郑慧芳摄）

杂　感

　　千里一日，雨裹着车子到的家。一长段时间的学习，心如江南春田般丰沛，奈何嘉陵江混西湖长叹自己无有大海的容力，够消化好一阵了。

　　忙碌的时候，身心都易微恙。少了观照小宇宙的时间，春天却依然蓬勃自在。林老师说，禅者不是没有起伏，而是相对恒稳。观春花、夏鸟、秋枫、冬雪，万物日日微动却不变轮转。

　　境迁心移是人之惯，所以修性。然"性命"二字当重后者，牢固实体之上的高谈阔论才是真见闻。

　　常听人调侃说：人到中年万不可一人演完整部西游，发型似沙僧，脾气却还似悟空，说话像唐僧，体型却成了八戒。就说许多伪学之人，一辈子夸夸其谈，却从不能在其身上印证到应有的一言一行。

　　淡然，放下，归零这样的词，都是先得有浓才可谈淡，拿过才能谈放。就像那日与友聊的"接地气"一词，从没离开过地的人又何来接地气一说？

　　但凡真正的大家，我们都能在其生命的实证里得到坚实的应答。歌王刘欢说：我的心里只有歌，没有王。真境界里从来无有了锱铢必较的取舍，进退有据的权衡，有的只是再清晰不过的向心历程。我在走，你在看。这就是区别。

　　书读多年，越读越觉浅薄，但在择书一事上还是有些执念的。

读气象万千，只能远观大貌，暂无能力参评的。读剑客诗人，每每对视，或刺或融，内心闪亮的……

又是一季，不知何方飘来的种子在阳台开花了，是的，无论何境，只管花开。

直到有一天学会平静地接受每一个人每一件事的到来与离开，太阳亦可直视，人心？何惧。

呼吸（俞赛琼摄）

自此，寻你去心底，一寻一个"呜"……

——谨以此文记录那条伴我长大的老街，深深悼念永逝的水乡的魂。

记过无数次风景。从未能将你写尽。
见过无数的你，没有一个不烙在心底。

我，是放养在你怀里的，无数个白天和夜晚。你是，
淡然优雅的你；
热烈开怀的你；
温柔恬静的你；
含笑的你，没有一丝坏脾气的你……

那个时候啊，
黛瓦白墙边越音婉转，
木石台门里欸乃蒲扇。
剃头、扯布、租书屋；行医、编筐、修车铺；最是那大饼、油条、豆浆呀，一方老街上，住满全镇乡民的竹篮子，那一个又一个晨光里的竹篮子啊，养大了一村又一村的民。

乡呢？

拂尘

在竹排浮鸭，百亩桃园里；

在埠头石板，捣衣浣花里；

在朴树新绿，闲鸟嬉鸣里……

你呢？

在乡里，在我的满心满眼里。

怎样的心情阿？要与你分离。

至哀而嚎？一定不能嚎出万分之一的我对你。"默"哀吧，就这样，一动不动。

痛到深处是"空"啊，是无法言说的空。

他们呐替你选了好日子，满月啊！天问！你抚摸着我的头，像极了小时候。

四目相对我提笔：

雨，是铁着心来的

天

突然撕开了　我回时　薄暮

祭坛设在了云上　着了重重的色

水肯定是被误解的

不死神药丢了

你护下了水

温润过多少个我的古老衣袍被绑上了火柱

祭坛上舞踏舞

像极了乡人的先祖

水不停地祈求

205

向那些冒充先人的长生舞步
放过你吧
放过你

没用
卦象是一叉朴树
死
是所有的信徒

　　我跟懂你的朋友说，这个故事叫《巫》，自此，若再要寻你，要去心底了呀，一寻一个"呜"，"呜——"。

苍岩老街外景（俞赛琼摄）

苍岩老街内景（俞赛琼摄）

寒雨，安

书是决计不能再买了，这话像极了那句：真的不能再吃了。前阵忙，不翻的理由很充分，这些天稍松，又慵懒到一日三疚，终还是继续买继续想地僵着，冬至。

连日寒雨，心里不装几件暖事不好出门，便是那所见所想也都成了一块块炭火。掌灯时分，路过蛋糕房、糖果铺，亮堂堂的暖，身边急匆匆擦过一位满负荷提拎的婆婆。二十米开外的公交车已经到站，司机能否看见她呢？静候还是一脚油门？我拽着每一丝雨用力地想。

十秒，是一位公交车司机的人生底色。婆婆和车都走了，雨又欢腾起来。

走进朋友的花店，原想着找几株向日葵诱个太阳什么的，却被藏蓝陶瓶里的一把鲜红吸引，"北美冬青"朋友介绍道。"冬青家族的？"我倍感亲切。结黑色浆果的冬青树我熟，可入药。红色浆果配以大把墨绿的，周围庭院里也有，偏是这干净得只剩下玲珑小珠的倒是少见。因着"北美"二字，价格也不太中国，可谁又拗得过喜欢呢？于是当晚，客厅与朋友圈就多了道亮丽的风景。

鲜红浆果是该配以白雪的，再来个围炉煮茶，便是上佳。有朋友留言，"连北美都有朋友，真好"，我哑然失笑，下面还接着一位"看你的朋友圈总能让人心安"，"安？"是啊，滤去了"岁月静好"里的一地鸡毛，如巅颠殷殷当是常态。

推不了一些事的时候，朋友惯用的话语也常是：这事交给你我心安。

想着，让人心安该是一种美德吧，所以，拒绝起来也总是困难。既如此，就约而守时，接而有信，不妄，不乱吧。

五岁的侄儿从三岁开始喜欢卡通贴纸，表达情感的方式也很专一：送贴纸。于是，家里人手机壳上个个满是。那日回家，又来一拨强送：

"爷爷，这个飞侠给你。"

"有了。"爷爷展示了一下无处下手的手机。

"这个你会喜欢的。"

"爷爷不喜欢。"我们一旁狂笑。

"喜欢的！"一把撕下，贴爷爷手上。

"不能撕呀……"

接收喜欢让人安。

"有时间吗？年会的节目交给你吧？"

"给有担当的年轻人机会吧，会全力支持。"

"还是交给你，我心安。"

"行吧"

进退皆宜让人安。

"约饭吗？好久没聊了，话好多。"

"好呀。"

己安人安，一室暖。

……

冬末春初，光秃的紫薇，满树花苞的玉兰都有着让人心安的模样。该落的落，该长的长。即便身处寒雨，也要与人暖，与人善，与人安……

自固 被固

　　昨夜小聚，席间，一位离开教师行业多年的朋友很认真地问我：有没有觉得教书时间越长脑子越僵？这么些年，还能找到当初那份对职业的敬畏感吗？如果还不跳出这个队伍就捡个相对轻松的岗位别傻干了吧！……一连串的问话，其实也无须回答，该有的答案他心底早有了。之后又听他讲现任岗位的种种，许多话也许一放大就会酿成"什么门"的那种，言谈里满是顺势和看透。到最后怎么总结陈词的已经不记得了，但那些问题的答案其实也是早已刻在我心底了的，且从未改变！

　　思维和眼界作用于格局。这跟一个人在什么岗位或者在这个岗位里待了多少年有一定关系，但这种关系却不是致命或不可逆的。这中间忽略的恰恰是问题里最关键的——个体本身。固有的模子里待久了难道就一定会"被固"或"自固"吗？树无法行走却还努力着一年留下一个圈呢！何况是人？

　　如果真"心""岗"不一，酿出开车的地方走人，走人的地方停车，明知互相伤害，却还"长治久安"的错位悲剧时，"事故"的主要责任又在谁呢？

　　想起今天课堂里孩子们大声朗读"俱往矣，数风流人物，还看今朝"的那份豪情，我似乎更加确定自己身处的也是个"百舸争流，万类霜天竞自由"的年代，一个可以让个体有更多可能性的年代。只是，在太多能让自己焕然一新的东西面前，我们是选择"视而不见"？还是被"淹没溺毙"？抑或是在芜杂纷乱中奋力地"拨云见月"呢？

  转而又联想起假期游学时某位教授的"公转""自转"理论，感触便又更多了些。能克服的不叫问题，无法克服的同样不是问题。一个个的"公转"里，当读书活动只剩下"征文"了又怎样？当爱国主义教育只剩下"演讲"了又怎样？只要一天立于三尺讲台，就总要做一个自己清楚"要不要做？什么时候做？做到什么程度？"的人，再不济戴着镣铐亦可努力跳舞。

  秋风凉月里，鸿雁知来，玄鸟晓归，我们呢？不妨时刻问问自己：人生短暂，我正在干什么？我又想干些什么？

醒着睡

　　数日前，风寒入侵，咽燥头疼。虽繁花似锦，偏又重重案牍随行。蒙头昏睡，游离中，怕深陷至床板，勉强拽起自己。

　　都说病易多思，果然，掏去剜空了的旧事欺弱似地聚拢来。

　　突然想起年前东大寺的签文"月被浮云翳"和丰乐庙里的那句"百难千磨几多遭"，幸好后句皆还有转折，"何虑不开眉""依旧得还朝"什么的。不同的人"咨询"相同的事得到的结论竟如此出奇地相似。躺在谷底看星星，聊以自慰吧。

　　都说国人讲话不太轻易说满，若有大抵也为祈愿。既为"愿"就总能映衬现实，庙宇神社的出现原是为了补齐心上缺角的盲。奈何"满"与"愿"同韵，忌讳贪嗔痴慢疑的大门内总还挤满那些从不觉满的人。

　　人确是说不清道不明的物种，以为穿上现实磨成的铠甲，还能温柔地推翻全世界。3月24日–3月26日，此刻，清晰地想到一个"春暖花开"的生命，亦是夜的一部分——海子。

　　对，生命，还伴随着头疼。

　　一下就全部看完的生命确乎是没有美感的，成为一座东方园林也许就可以，在曲曲折折里成就时空的惊艳。嗯，廊亭轩池也无须太大。

　　此刻,黑夜丰满,我不知道有没有醒着。窗外是一群用"亢龙有悔"下着桃花雨的年轻人，无惧无畏地嬉闹混合着邻居小儿的不想睡，明天依旧会来……是的，继续，醒着睡。

依旧（俞赛琼摄）

关于永远，我们不会再提及

原定的时间是留给一稿篇首语的，可坐在案前翻了几页书后竟又牵出了书橱里的另一本书。于是，蹉跎，一下午。

可谁说"蹉跎"就一定是个不好的词呢？所谓语义本就离不开天圆地方的语境，什么时候、什么人、什么心情、什么地方之下都会有不同。像那日跟友人谈及"鸟人"一词，就颇为羡慕，既会飞又毕竟不是鸟，多妙。

人是生物界唯一会自我合理化的动物。但很多时候，人也往往会陷在自身创造的词句里。最后，依文解意，死于句下。

看《被讨厌的勇气时》，涌出一句"人生是一连串的刹那"，内心狂跳不已。原来那些所谓计划式的人生不是根本没有必要，而是根本没有可能。这又让我想起另一本书里的一句：生命可以想象，生涯不能规划。很有道理。看看那些大谈生涯规划的人有多少是把自己的人生规划好了的。

世间，大部分人的人生都是从一出生就被一根线牵着走的，走歪了是失败，走直了却又完全不等于走值。朝线走的人生其实是很悲哀的，因为那样极容易错过一个又一个刹那的点，换句话说，始终活在未来，当下几乎不存在。

那天跟朋友讨论"永远"，一个人人都很喜欢用的词。可是永远到底是多远呢？顶着完全看不清的词山盟海誓，意义又在哪儿呢？人始终是不能过分相信自己的，不是吗？

于是，我们一致认为"永远"一词的意义其实早已流失了，碎了一地。于是，关于永远，我们不会再提及。

聪明的人类创造了许多种让生命存在下去的意义，例如价值宗教是"先信后认"的，就像你选择了基督教就等于背负了亚当夏娃的原罪。本质宗教呢，是"有历才了"的，就好比你跟没有经历过无常的人谈无常，跟用整个生命去拥抱爱情的年轻人大讲爱情理论，一切都无效。

人呐，没经历过"变化"又怎会知道什么是"变"呢？

生命原就没有什么既定的答案，有人能把追求答案时的烦恼化为菩提，有人却始终活在圆形的忙碌里打转。

但就在此刻，请一定相信，我们缺失的始终不是答案，而是，当下的安然。

寄　雨

　　喜欢雨天，尤其是伏案写点什么时。总觉得雨声越大世界就越安静，心也就跟着宁寂。

　　雨天，也容易多思，仿佛雨丝多长，思绪就有多长。思前想后，许多原本就郁结之事全然打结，易生寂凉之感，但仍很喜欢这样的独处。

　　亲情也好，爱情也罢，都不是人生的最终归宿，唯有"孤独"才是生命常态的永恒！

　　人生路上，演砸了是残局，演过头了就成了闹剧。谁又能保证终其一生都演得恰到好处呢？所以，低迷不振抑或风生水起都只是烟云而已。

　　老子聪慧，几千年前就想通了从哪儿来到哪儿去这回事。可笑的现代人还在缱绻不倦地上演千年不变的戏码。然谁又能说创造一个个人类节点的生命是没有价值的呢？所以，存在就是意义。

　　仔细想来，前人那会儿，失意了，偶尔还可以想想成仙这回事儿；世道乱了，还可以寄情山水，回归天地什么的；责任感重点的可以"死耗"在人世急他人所急，痛他人所痛，混个大贤的名头也不错。可如今呢？人类文明发展至今，现代人的可悲就在于："退"已亲手毁断了出世之根源，"进"则无圣人那礼乐崩于前而我自不崩的强大内心。委实已将自身陷入十分尴尬的生命境地。

　　奈何，既然以"人"的生命形式活着，就总要活出些"人"的价值来，不是吗？且行且思……

案（俞赛琼摄）

无 题

强大的意志力与茶因子较劲了一宿，睡眠是雨中萍。空间的折痕里，一个更深处的自己张望着那些颠簸，醒来是唯一的宽慰……

多日不曾下笔，以诸事足够让人费神为由，可其实只有抒笔人自己知道过去的许多日子里那一滩浪花轻拍的沉醉是任何事都置换不来的。连日开车上班，车速20，可毕竟避过寒意的同时，也足以错过冬日里还晕着的桂香，错过道旁的嬉闹红果，无患子的一瞬金黄，也足以错过那一次又一次的日升月落……

今年的秋过得是极疏松的，尽管于公忙得很是壮实，但到底是亏欠了那个伸展的自己。干、滞的空隙里，起头过几本书，有的过半，有的三分之一，总之，没有一本收尾。只好安慰自己：毕竟阅读移民也不是谁都能做的。那些藏在时空、视角、语言符号、知识、经验缝隙里的"理解"不是谁都能有，也不是谁都时时能有的。关于世界，关于阅读，足够多的"困惑"是产生在足够多的"理解"之上的，就在那些足够多的"理解"里滋生着更多的希望与绝望。

住在侨乡的仙女姐姐发来一张满地金黄的银杏图，想着邀我前去，我转了一个本地最新疫情动态的链接，是的，相通的屏幕里我们看到的都是数字，只是在这数字立起的碑前，我所在的空间洗牌似地被猛然挪前了一些。"突如其来"真是一种横冲直撞的来，离谁都近。

拂尘

当日子被"括弧"了起来的时候，人们的"正常行为"就不得不暂时终止。那些我们一度认为需要不断排序的这事、那事通通放下，一己的价值排列和选择问题全部靠边。肉体存亡与精神续留的思考就在那样的时刻铺得更开了。

死亡是什么？没有被推到过境前的人面对这个问题的回答似乎是很没有发言权的。

卡尔维诺"死亡，是你加上这个世界，再减去你"一句是用哲学的思考把简洁如数学等式的语言定格在了极致。光影明迷，于世界而言，你究竟来没来过呢？生命的终极叩问里，过程是答案。

我常在想，那些作文里经常写死亲人的少年与无底线堆塑巨人幼时之神力的成人原是一样的，生命实然的缺失背后是什么……

读书时练就读书人所需的选择的眼界（良善的底色）、自我阅读的定力、批判的眼光；创造生活时即使巨浪来袭也要持有扛起的勇气，只是，这勇气，要先分清是为了"本店餐饮，明天一律免费"的口号还是真正"为更多生命得以舒展的奋起"。

暂时颠簸的夜呀，致敬每一位为身处时空的"醒来"而付出努力的人。

219

杂

　　连日入梦，故人旧事，真幻难辨，醒来又像躲什么一样跑个干净，仿若无事，情却有戚戚。那些前时空里的人和事打乱了重组，竟也这般自然熨帖；那些曾经以为的众多个来日方长，竟是那样的枕梦一场，唏嘘了——两下，日子寻常。

　　读过几日书，向内，可以对自己说"君子自强"，面对强物败下阵来呢，又可以对自己说"穷则独善"，一瞬间，成败仿佛都有了退路。人生意义的颁布、执行，是多少人生的悲哀所在。路上行人匆匆，可都是朝着幸福的方向？

　　"能人"们大谈事业与职业，没有多少好说得说了很多。那模模糊糊的兴奋劲儿与遇到有人问喝茶吗养花吗抚琴吗玩香吗一样，"啊呀呀"一阵，过了也就过了。

　　"两头俱坐断，一剑倚天寒"，真正幸福的怕是走得连路都忘了的人吧。

　　智者先觉，觉自身幽微，入不入门，入哪个门，之后一入到底。不觉者呢，驻足前门，徘徊张望，偶溜进门，一脚滑出，后门倚着又一前门，一如木心向晦宴息里所言，左右皆在门外。配着读他《完璧》里的两句："你会见到，将来我是一事无成。""很轻松，完璧归赵似的。"又实在轻松不起来。想自个儿一晃数十，虽人畜无害，却也这般匆匆在归璧的路上，遇雨打个伞又怎样，朝的还是"赵"啊。

　　人生"不自在"其二，一曰无有门，二曰心有禁。于世俗，活给别人，"寻常"比"幸福"重要。内里破絮自己扯乱麻。活给自己吧，"幸福"自然不一定"寻常"，外在犀利犹置高海拔。脚踏何处呢？选好了路再忘了路吧……

寻梦（俞赛琼摄）

时　间

　　读古斯塔夫·勒庞,在"时间能够真正创造唯一,也能够真正毁灭唯一"处停留了很久,"时间"是什么?"唯一"又是什么?不同人看到相同的词产生的联想是不同的,词语的威力在人。我们学习、求知,无一不是为了"膨胀"自己所处的时空。

　　时间是什么?

　　在人间性文明的母国,"修身、齐家、治国平天下",家国通常是合二为一的。我们在自己的一生中听到最多的一句就是——你应该如何。假使东方的三代伦理观再起作用,家族的能量再强一些,个人的意志就很容易被无形消解。

　　我们常常在身体某处的酸痛难忍后开始关注自身的小宇宙,我们也总是在见到祖辈亲人的蹒跚衰竭后惊觉时间的溯无可溯。

　　"想到马路对面买个大饼啊,想了好多天了,又怕走过去时摔倒给大家添乱"外祖母说。"太婆没有车啊,那她什么地方也去不了呀!"小侄儿说。

　　于我们,祖辈们在,儿时撒欢的巷弄就在,但一切的推进是那样的势不可挡。"某某村没有良田了……"那是祖母长挂在嘴边的一句。

　　那些早已无村可归的乡人,那些早已无山可落的夕阳,总有一天都会在从古照至今的那轮明月下幻灭,希望呢?意义呢?毕竟都来过呢。时间呢?都在吧。

拂尘

归　处

> 一切都是瞬息，一切都会过去，而那过去的，将会成为亲切的怀恋。
>
> ——普希金

晚秋，斜阳痴恋着远山，碧水微漾。眼前的一切与铭刻心底的画面再一次重叠，拉长的时空仿佛又让我走进那悠悠的静谧和儿时的欢腾里……

我的童年是从"社会主义好"的歌声里开始的。生活的小镇群山怀抱，颇具底蕴。全镇以河为界，两边的自然村落不知是被哪个偷懒的先人唤作了一村、二村……四村。对着如此青山秀水还能取出那么随意的名字来，我那时可是好好"愤慨"过一阵的。可偏偏自己又想不出更好的，最后，也就不得不"佩服"起那先人的"智慧"来。

因着孩子的天性加上父亲的工作关系，我似乎到过小镇版图上的每一个角落。如今想来，那"拉风"的岁月里我也算得上是个"见多识广"的人了，有趣的事抖落抖落估计也能有好几箩筐吧。

平时的活动场所概括起来倒也简单。无非是山、水、家、校、街几处。

那时，镇上的中心小学就在老街的打头处，而我家离老街和学校也就两三百米，是坐在教室上课还能辨出家里今天吃什么的那种。

有一回，自以为完成了上午所有课时的我照例"奔饭"去了。可巧遇上厨房忙活的母亲紧急求助我上街打酱油一壶。踏着欢快小跳步的我经过校门口时，乍然听到楼里传来的熟悉歌声，顿时吓出一身冷汗，这才回魂似地想起还有一节音乐课没上呢！果断把酱油瓶子藏花坛角落就红扑着小脸向音乐老师喊报告去了。鉴于以往的良好表现，老师以为我耽搁在厕所了，还微笑地示意我落座。现在想来，那也许是我这辈子见过的最迷人的笑容了。当"认真的孩子"上完课再想起酱油这档子事时，绝对是以短跑冠军的速度冲进家门的。印象里，那天的母亲竟没有过多地斥责，只记得那句：你这酱油是打到城里去了吗？当时，心里默念"阿弥陀佛"的我可是一边想着家离学校近的种种好处，一边万分感谢着这个世界还有种叫"盐"的东西的。可要说这是我童年里做过的最为惊心动魄的事倒还真算不上。

水边长大的孩子，基本没有不会游泳的。可会游泳的，除了标准狗刨儿，基本也就不会有别的姿势了。像天天在水里练"飞鱼转身"；大水过后翻螃蟹；夏日午后用"毛巾绝技"捉石斑鱼、呆沙鳅（那时孩子自己命名的一种匍匐在沙上反应很迟钝的鱼）什么的都不算事儿。仔细想想迄今为止干过特疯狂的那些事儿似乎都和桥有关。

穿镇而过的河面上，水泥浇筑的"大桥"是连接南北村落的主干道，比起当时十里八乡的木板桥是"雄伟"多了。用现在的话说那绝对是小镇的"气派"担当。尽管他只比成年人稍高，宽度也只够一辆拖拉机和一辆自行车的勉强擦行。

当时的桥在我眼中形象是很高大的，可不曾想却还是败给了那句"初生牛犊不怕虎"。当小伙伴们熟练掌握"飞鱼转身"的扎猛子技术后，就又开始寻找起下一个"竞演"目标了。胆大的亮亮提议，学跳水运动员从桥面上入水，谁敢谁就是"英雄"。天天唱着"我们是跨世纪接班人"的我哪经得起那样的"怂恿"啊！见个子高些的一个个试水成功，我终于也挺直腰杆上场了。"预备—吸气—跳"，整套动作难度系数大有跳水冠军的架式，引得一阵叫好。那场面，说当时脑海里浮现的是董存瑞、黄继光、邱少云、刘胡兰什么的一点都不夸张。正当我还沉浸在胜利的喜悦中时，身边的小伙伴指着我周边那一片通红的水域，大叫：血！血！！慌乱中我才隐隐感到脚底传来的一丝痛楚。抬起右脚，不看还好，一看，乖乖，褐色的玻璃瓶碎片直插脚底，七八厘米长的伤口血流如注啊！"英雄"二字，果然是跟流血牺牲长一块儿的。故事的后续就是父亲背着我上下楼半个月，脚底也彻底留下了战场归来的"光荣印记"。

要说，前面的事件跟桥的高度有关，那么，接着这事儿则跟它的宽度有关。

已经记不清具体是哪一年学会的骑自行车了，虽也摔过但总体应该还算顺利。人小车大，三角横档也挡不住胆肥的我在桥上自由穿行。一日，正行至桥中，遇一拖拉机呼啸而来，照平时的水准我是能轻松通过的，也不知是不是那日状态欠佳，擦肩而过那一刻，稍稍犹豫了一下，速度没提上的结果就是连人带车直接扎到了桥下。拖拉机手可能没留意专心地开着他的车走了。而懵圈儿的我直到后来扑腾着站起来时，还觉得是置身梦境。万幸，半人多高的水位给了些缓冲却也不至于溺水。直到今天，关于此事，记忆里的最后一个画面依然是毛衣、裤子哗哗滴水的我推着自行车踩着一路的溪石回到了家。皮肉伤似乎全无，倒是因为前面惊险的一幕将父母当时的反应给整"断片儿"了。至此，这也算是我生命里主演过的最"好莱坞"似的功夫大片了。

桥和水的故事是我童年的重头戏，那年头，发大水这样的事好像年年都有。对于大人们来说，那是一笔笔的灾情，可在小孩儿的眼里，就又是另一个世界了。

大水来了，头一个遭殃的就是桥。河水大到没过桥面是常有的事。有时，课上到一半，住对岸的孩子会被老师紧急护送回家，水流最急的一次是还没走完那桥长，鞋子就已进水。那个时候，对孩子们来说，发大水就意味着放假，是一桩"美事儿"呢。

　　住在镇上的那会儿，我们搬过两次家。北岸老屋是一个两层四房的小院，那是父亲原先单位分的住房。处在岸边低洼地势的院子一遇大水就被淹，小院和一楼的两房就是重灾区。每次洪水过后父母都会用回忆的语气指着房里的白墙对来家的客人说，去年到窗台这儿了，大前年到壁橱这儿呢……听得多了，每次房子退水后在墙面上做标记就成了我特期盼干的一件"趣"事儿。

　　有一年，父亲在小院外搭起了棚架，养了几头猪。又赶上了发大水。小猪还好办，大猪就让人犯难了，身肥力壮又极不配合。想快速转移到高处是来不及了。父亲就当机立断说，赶进院子上二楼走廊关起。于是，母亲手拿簸箕赶、父亲对着猪屁股推，大猪"嗷，嗷"叫窜，好不容易赶上了二楼，猪又耍赖往回跑，此时父亲又急拽猪尾巴在狭窄的楼道上拉锯，如此混乱的场面我当时是确信看傻了。这自然也成了我童年所见过的最为疯狂的一件事。

　　至于像在高大的朴树树杈上立个竹竿就蹭蹭上去摘果子；前山后山满坡采映山红，找"乌米饭"（山上的一种可食的黑果子）；到沙堤上折芦苇穗儿扮神仙，去岸边沙田里挖甜草根什么的也都是极为令人怀念的。

　　第一次搬家过后，我们还是住在了桥头，不同的是这回是在南岸，也就是后来发展起来的"新街"。"大桥"变成了"小桥"，被更大的桥取代，残留的最后一个桥墩在夕阳下诉说着曾经的喧闹和"繁华"，我也在"我们是五月的花海"声中渐渐长大……

〔后记〕

　　群山怀抱的小镇是我童年的归处，而童年，也始终会是每一个心灵的最终归处……

疏影

且以清风伴明月

　　阴沉的天，把后人根据留存文字努力还原的"萧红"又触了一遍。普通或不普通的人生在眼前排列着，眼里停靠的是那些不普通里的普通，普通里的不普通。不管怎样的人生吧，"年"为单位的故事用"分"是都能讲完的。不同在于，"不普通"们在时空的长河里留得更久些，传得更幽远些。

　　于一众麻木中先醒之"不普通"势必是痛苦的，萧红的苦在呼兰河的深处。

　　"离开"前，她对骆宾基说：我在想，我写的那些东西，以后还会不会有人看，但我知道，我的绯闻，将会永远流传。说话的是电影里的萧红，亦是作品产出的那些思考者们。很多时候，观众的清醒则在于能否区分：哪些是在"努力接近真相"，哪些是"我只要我要的'真相'"。

　　以身侍剧的时间若要花得值得，也得有些板凳之功。然板凳之"冷"若不辨不立亦是枉然。

　　作家鲁羊读"儒林"没有读出一个模子的讽刺，他横看竖看，看到的是俗，是众相平庸的恶，没一个好人没一个坏人的画面里，有的只是"局限在自己视野中的普通生物"。当许多后人言之凿凿地背述着什么作品讽刺了什么，又揭露了什么时，我们再抬头看看千年亲，那一众让人绝望的现实如今是否依然存在。蝼蚁般的纷繁与虚妄里，有多少冰凉，就会燃起多少警醒后的温暖，这或许就是作品跨越时空得以幽远之缘。

　　用自己的板凳之功看世界，不只在植树节植树，诗歌日聊诗，不在发同样的文时说着同样的话，最后，做同样的梦……

　　早年，不会写诗的我是曾大胆地写过很多诗的，而今仍然不会，却只搁笔，或许有那么一天，那魔力之门突然向我敞开，便又拿起。在此之间，我只顾着想象一朵花缓缓打开之后的模样；想着若有一日我要离开时最想见到的人儿的眉眼。滤过那些只是看上去的什么"双全"什么"无忧"，多拂去些生活游戏副本背后既定任务与内驱之间的撕裂。

　　于人，少识投机沽钓之流。于文，多共春风雨化之绿。

　　不得意俯视。无位者或伴而无势，却未必无骨。

　　不盲目仰视。有位者或附而有势，却未必有实。

　　一席，一案，且以清风伴明月。

一本发了疯的书和一个疯了的读者

已经很久没有如此专注地看过一本书了，专注到它已经连续、深入地影响到了我这一阶段的生活。

埃里克·卡普兰，一个受过哲学方面的训练，信仰佛教的犹太籍喜剧编剧。用他的思维和语言为我开启了一扇"新世界"的大门，让我深刻地感受到了"大门后那些之前不知道也没有想过的更重要的事"。这听上去似乎是一件好事，可它却彻底搅乱了原有的"我"。我突然感到自己从未有过的渺小，虽然我原本就知道。我也不知道当我自己觉得缩得很小的时候，是不是又一个即将到来的壮大的开始。

过去几十年里，我从未认识过一个能把哲学、神学、玄学、佛学、逻辑学、史学、道家学说等放在一个脑袋里熔炼的人。当我触及他的这一作品时，我看到他疯了，我也疯了。我几乎是"游离"着读完它的。游离？是的。那种似懂非懂，似近又远的感受可真挠人！什么伯兰特·罗素、阿尔弗雷德·塔斯基；什么路德维希·维特根斯坦、哈利·法兰克福；什么龙树菩萨、犹太密教；什么小乘大乘、阿里理论……我敢肯定不认识他们之前我照样能活得好好的。是的，好好的。不同的是，难受完后，我就不自觉地开始思考：什么叫"好"？我曾经的"好"指的又是哪一个层级的"好"呢？

人类单一的个体总是渺小而又局限，不知道的部分似乎都与你无关，对你来说知道的部分才叫存在。所以，每个人的"世界"域限是多么地不同。

说到这儿突然想到朋友最近迷上的那款叫"球球大作战"的游戏，在一个以宇宙为背景的空间里，每个玩家诞生之初都是一个微小的球，在不断移动拓展吃掉散落的能源后慢慢地壮大自己。行进中，玩家与玩家之间遵循的是弱肉强食的原则，你可以选择单枪匹马闯荡世界，也可以寻找战友合作生存。当你自己还小的时候你会发现这个世界很大；当你变得足够大，大到几乎可以霸屏（指球体膨胀到几乎沾满屏幕）时，你就会发现，世界很小，小到就在脚下，而在其他个体看来那个时候的你就是神一般的存在了，因为你已经无处不在。然而我又在想，一个生命如果真的到了那样一个时候，又是否能跳出屏幕看到有限之外的无限呢？

也许，游戏的开发者正是抓住了生命个体这种不断想要壮大自己的真实欲望而把现实世界的种种形象地搬到了游戏里。壮大的过程不容易，可壮大后的快感很吸引人。所以，它是虚拟的，也是真实的。又虚拟？又真实？是的。就像作者整本书都在讨论的一个问题"圣诞老人到底存不存在"一样。个体内负责逻辑实证的左脑和负责情感的右脑会不停地打架。我们的生活也大抵就在这大大小小的战争中推进。所以，作者说：这本书要讲的是那些我们不太确定的东西，那些将信将疑的东西，那些时信时不信的东西，那些无法迫使自己相信的东西，那些不想再信又不知道不信后会发生什么的东西。

"一个哲学家凭借别人的思想活着会损害自己的尊严"这是卡普兰在自己的著作中透露的意思，而他也以自己独特的思考在他的书中完美地诠释了自己哲学家的身份。

关于逻辑

卡普兰认为逻辑是一种工具，也可以说是事物的一种排列方式。而很多时候个体的所谓观念的转变，就只是更改了事物在我们心中的优先顺序。这让我想起过去的一年里接触到的"焦点解决技术"。

例如，某家长抱怨说自己的孩子做作业很快，但作业质量却不高，跟孩子说过很多次了，却一点效果也没有，怎么办？

这其中，我们剖析家长的逻辑是这样的：1.因为作业质量不高，所以作业速度快是错的。2.因为"快"是错的，所以，要改正错误。这位家长的纠结点，也就是她所认为的问题就在于"太快"。而"焦点解决技术"里却恰恰有这样一句常用的话："问题本身也许就不是问题"。那它又是怎么给这件事情排序的呢？让我们一起来看看：1.每个孩子的做题速度都不一样，有快有慢那很正常啊！（这个被家长排在第一的事物瞬间没了地位。这种一般化的思维也教会了我们不要急着给看到的表象下结论。）2.导致作业质量不高的直接原因真的只是单纯地因为"快"吗？3.如果"你认为"你的孩子做作业上出现了问题，那你认为他怎么做才是对的呢？4.如果他今天跟昨天比有进步了，你觉得他什么地方发生了细微的变化呢？5.最后，这个过程中你都做了什么呢？说到这儿，看来我所认为的实践理性主义还是非常管用的（也不知道对不对）。卡普兰在提到这个时，也在思考：如果要不想让自己显得很傻是不是就时刻这么去思考呢？他说一个长大了的孩子不会再往自己的床上挂袜子是因为他已经知道了即使挂了也收不到圣诞老人的礼物。理性实践主义告诉他"挂袜子没用"，所以，"有用、没用"的判断就成了"信不信"有圣诞老人的标准。时至今日，我们有多少人的思维因掉进了这样的一个"坑"里，而使生活失去了太多的意义呢？

这让我想起来《生活大爆炸》里一个场景。男主们邀请女主看电影，女主兴奋地说"你们那儿有多少部超人的电影？我超喜欢那部——路易斯·莱恩从直升机上坠下，超人嗖的一下过去接住她"。这时候，如果男主关闭左脑敞开右脑后肯定会这样说：哇哦，确实是非常罗曼蒂克的一幕！可偏偏男主却是个只打开了左脑的人。他们当时的对话是这样的：

A.你知道那场景里充斥着科学错误吧？

B. 是啊，我知道人类不能飞。

A. 不，不。让我们假设人类可以。路易斯·莱恩以 32 英尺／秒平方的速度急速坠落，超人突然下降，用钢铁般的手臂接住她。莱恩小姐此时大约速度在 120 英里／时，猛撞上超人的手臂后，她会马上被切成三等分。除非超人赶上她的速度并减速。坦白讲，如果他真爱她，就应该让她直接撞地。那会是种更仁慈的死法……

看完对话后，我们肯定会笑着想，这样的人在现实中要找个女朋友怕是比登天还难了。天才神经发挥得不合时宜时会不如普通人。其实，这样的案例在生活中也很常见。例如我们在生活中可能遇到过这样的场景：结婚纪念日到了，丈夫慷慨地对妻子说"卡里有钱，你自己喜欢什么就买什么吧"。这时，丈夫从理性主义出发分析：给足了金钱又能让妻子买到自己喜欢的东西，是最好不过的"解题方式"了。可偏偏他关闭的右脑没能告诉他：除却喜欢的东西和足够的金钱外还有一种东西叫"心意"。换句话说，丈夫的这种思维完全不叫"赠送礼物"，而只能单纯地称为"让妻子去购物"。这又让我想到书里一句话：单纯依靠算计的人生不会有愉快的欢笑，也不会有安慰的泪水，这样的人生了无生趣。这里的"算计"当然指的就是只用"左脑"思考问题。我想，左右脑并用，偶尔只用右脑并不会是智力上的一种自戕，"就像初恋之所以撩人，很大程度上只是源于敞开胸怀面对未知"。

关于逻辑，我想说的是：当人们在拼命思考怎样才能让自己不会显得很傻时，思考及得出结论后行为的本身兴许已经完全诠释了什么叫"你看起来很傻"。

关于人生

关于人生，书中提到的阿里生命之树理论解释得非常精彩，但请原谅我的无法言说。卡普兰关于人生的思考，有两点我是非常赞同的，我把它概括为：

一、生命本质的孤独性

虽然没有去考证过"孤独论"的源头，但我却从来都是十分认同的。相较于"孤独"一词卡普兰在书中为我们找到了一个更棒的表述词，那就是"失联"。是的，失联！我们每个人又何尝不都是以失联的状态投身到这个世界的呢？本质孤独，一生都在寻求与外在的联系。通过思考联系世界，通过情感联系他人，在这个过程中，又努力把情感和认知，心灵与思维维持在一个相对平衡相对稳定的状态中。这期间矛盾不断，但没有矛盾我们的生活又如何推进？就像阿里理论中提到的那句：矛盾并不代表问题，它代表着成功。说得真是棒极了！

二、不完美论

阿里理论认为这个世界并不完美，我们每个人都以自己独特的方式在修复它。只有解决了诸多不完美的问题，让世界变得更加美好，我们才会感受到自身的重要性，才会抹去那一份生而为人的羞愧不安。如果生命的终极现实就是去感受无尽的喜悦，那么，"挑战"就是我们通向"终极"的手段。

卡普兰说"选择逃避，灵魂就会受到挑战"，而我想说的是，选择面对，生活就会在受到挑战中产生意义。

如果你一不小心看到了文章的这里，恭喜你，你已经成功完成了一口气看完几千无聊文字的挑战！同时也要恭喜我自己，因为，我终于在看完一个"疯子"的作品后也像"疯子"一样思考了一回。

最后，我想用书中提到的牛顿的话结束此文：

我不知道世人是怎么看我的，可我自己认为，我好像只是一个在海边玩耍的孩子，不时为拾到比平时更光滑的石子或更美丽的贝壳而欢欣鼓舞，而展现在我面前的是完全未探明的真理之海。

从红楼说起

　　十来岁那会儿就翻过《红楼梦》，那是我自豪为读书人时正经购买的第一本厚书。且也学着文人模样儿在扉页上端正地录过几行小字。豪情万丈后呢，囫囵了二十来回就悻悻搁置。除了当时那似懂非懂的感觉还在，什么也没有留下，倒是那时的电视剧让人印象深刻。

　　闹闹热热，花花绿绿，一群画一样的人儿天天玩在一起，怎么着都是好的。可每次我也就只看前面一半，那什么大厦倾塌，鸟兽四散，尘尘土土的结局始终不愿触及。

　　俗世里都说老人喜欢热闹、爱看花好月圆，可谁又能说小孩儿不是呢？只是，前者是一应俱见后的祈愿，后者更多的是对未知的怯惧。如今，三倍的年纪里，又细细重读，书还是原来那一本，却也早已不是那一本了。

　　工作里常关注遣词造句，架构心思；生活里却读到红尘痴迷，因无所住；知道了要对每一个怎么活都有遗憾的生命给以足够的尊重；体味到贴近人性的最好一面不是束缚是懂得。如此，逐字逐句，着了魔似地细细拜读。也已全然不惧触及那富贵后的凋零，荣华后的幻灭，还有那极致华丽后的本质哀伤。终是懂得：品读好的文学永远都有一个随着生命个体的自我修行而不断增量的过程。人只在生活里才能不断修正自己的悟。

　　因而，有厚度的人才更翻得动有厚度的书。

《带根的流浪人里》有过这样一段话，说的是奥国的 Hermanu Broch 对昆德拉说了句悄悄话：作家唯一的道德是知识。听者一惊而笑，他想，怎样的文学作品才有存在的理由和价值呢？该是彰显人类的尚未昭露过的生命的那些篇章。

昆德拉以为文学家的能事是"呈示"不是"宣扬"。

是的，好的作品跟好的教育一样，从来不是"宣扬"，只作"平静"地"呈示"。

在曹雪芹的笔下，袭人成不了晴雯，宝钗也永远变不了林黛玉。因为在作者眼里，每一种生命形态的存在都只是在各自境遇里的自我完成。谁没有个值得被理解被尊重的时候呢？

许是近日太过沉溺，昨晚看黄渤新导的《一出好戏》时竟也看出点红楼的味道来。很多时候，作家写作就是在与自己对话，与自己的所有过往对话。导演又何尝不是？《红楼梦》与《一出好戏》都铺开了长卷讲那真假难分的戏里戏外。

宝玉性热，知道美好事物的易逝便期待一切能够长久。黛玉性冷，只因早已看透结局所以一直远离了开始。这是《红楼梦》里最最深情的两人。

《一出好戏》里的"深情"呢？同样在告诉我们：剥离幻想中的真实与面对真实中的幻想是一样痛苦的。所以，有人就选择了在所谓的"假"里一直沉迷，有人就选择了在所谓的"真"中一直逃避。

谁说《一出好戏》里众人济公式的疯癫结尾与红楼里一切泯灭后的顿悟皈依不是一样呢？都只在诉说人世间的一切不可说而已。

不同的是伟大的作品总能将人性的一切娓娓铺展，普通的作品却总因太想说话而惹人跳戏。这是《一出好戏》的遗憾，却也不妨碍它既定结局的展现。影片的最后，导演用力地说着，观众也明白地听着：男主人公放开了一切后终是得到了属于他的全世界。

相仿的是：红楼的作者也是在经历了一切之后才学会了放平一

切继而拥有了他的全世界。也许几百年前的他从未想过，他用尽心力创造的这个世界早已穿越了时间的界限成为许多年后许多人的全世界……

时光（俞赛琼摄）

平凡的一天

> 桃园三结义，你演什么？我演桃花。
>
> ——木心

朗月无星。

卧室的音箱开着小火，"煮"了一天的毛不易。

第一次逢着他的作品是在一档叫"歌手"的节目里，李晓东翻唱的《消愁》。"一杯敬自由，一杯敬死亡"的低吼与花腔女高音的混搭里住着演绎者过往起落的"叹"，高扬的情绪对碰上原唱，"势"是明显拔出了一截，但若单曲循环数次就会发现，放光的还是原唱。

毛不易的声线不亮又些许懒懒，但他是个优秀的叙事者。听他的声有白粥冒泡的突起，却无李晓东那看似放下实则不肯撒手的挣扎感，起伏都平平地唱，听多了竟也不腻。

再后来，听《像我这样的人》，听《无问》，听《不染》……这个杭州师范大学护理专业毕业的唱作型歌手在歌坛也算独树一帜了。

词小境真，他的歌声里有一个"诚"字，"平"是调是意，更是生活应持之态。即使唱"项羽虞姬"这样的题材他也娓娓，有烟，不见狼。

当然，歌坛里还有同是叙事高手的，如常石磊，如李健，歌手的性情自是都在作品里了。"思想家一醉成诗人，一怒而成舞蹈家"，他们，都是"思想家"。

　　这几天电影节似乎也挺火的，奥斯卡、戛纳、威尼斯、柏林……区分它们于我毫无意义，无孔不入的广告八卦硬挤进我们的生活时，无聊地无聊着，娱乐人生还是艺术人生？圈里人的硬气始终在作品。

　　演员没有拿得出手的作品与为师者没能站得稳讲台一样，都是大遗憾。桂香快漾成满月了，师者的节日也就在这几日。一线的老师们过的是一个自我的小满足，小肯定，当然，还有那边厢振臂高呼树大旗，厉声呵斥警德行的，各过各，至于尊不尊的，都明亮在心里。

　　离第一次踏上讲台已经过去很多年了，对三尺讲台的"敬畏"从未有减。中道离开的机会自也不少，但随心而择，总觉师者的幸福无可替代。多年后，学生的一句"老师，还想回来上您的课"抵得过几朝的美人和江山。乐矣，为我所爱，披星荷锄。

　　笑意渐满的月色里，声声毛不易。

寂寂　绮丽的回廊

　　日子过得真快——尤其对于中年以后的人，十年八年都好像是指缝间的事。可是对于年轻人，三年五载就可以是一生一世。

　　　　　　　　　　　　　　　　　　——张爱玲《十八春》

　　设若要在众多的词里寻一个给张爱玲，用于她的人她的文，我最先想到的便是"寂寂绮丽的回廊"。那是《金锁记》里的一句：可是他们走的是寂寂的绮丽的回廊——走不完的寂寂的回廊。

　　十来岁时，张爱玲是别人嘴里的大才女，三毛、张爱玲于我是傻傻分不清的。

　　二十岁出头，一套装点精美的小说集《传奇》欣欣地扛回了家，书是看不下去的，总觉得文字像回廊，对，就是回廊，那一堆一堆的词是深宅大院里绕不出的一个又一个的人，不爱。于是，才女幽幽的眼神就立在了我的书架上。转眼，我也立了——而立。

　　很多书，你未到，没法读，读了也白读。就像李宗盛的歌。多少年的寒门世家之相告诉世人"家世显赫的好处，一是使其子弟获得良好的教育，二是使其子弟拥有平常人家缺乏的高瞻眼光"。她二十来岁写，我三十来岁读，一立书架之距，岂止。

　　遗世浮华里，张爱玲父母的婚姻落幕，造就了"一个终生漂泊的女人，一个自我放弃的男人，一个未来始终感觉生命淡然的女孩和一个未来终是碌碌无为的男孩"。那是《传奇》苍凉的底。一本

《红楼梦》牵随了张爱玲一生，她用笔刻着画着她自己的楼。那古旧老朽的过去，那些不快的故事，那美中的丑，在阴郁的氛围里，直直抓着人心。

在她的笔下，少灵与肉的挣扎，少善与恶的冲突，多的是沉沦、是沉沦，是认命、是认命，是放，是弃，是随流。

长安与世舫相爱了："有时在公园里遇着了雨，长安撑起了伞，世舫为她擎着。隔着半透明的蓝绸伞，千万粒雨珠闪着光，像一天的星。一天的星到处跟着他们，在水珠银烂的车窗上，汽车驰过了红灯，绿灯，窗子外营营飞着一窠红的星，又是一窠绿的星"他们"久久的握着手，就是较妥帖的安慰，因为会说话的人很少，真正有话说的人还要少"。那样瞬间的美好，像极了爱玲胡兰成。但《金锁记》里锁了一个曹七巧，捶了何止一对长安与世舫，结局呢？"三十年前的月亮早已沉了下去，三十年前的人也死了，然而三十年前的故事还没完——完不了"。一声哎——哎，哎的气力都没有。

《红玫瑰与白玫瑰》是世人最为熟知的"朱砂痣白月光"。

张爱玲爱用色，"宝蓝配苹果绿，松花色配大红，葱绿配桃红"色彩是人物，是情绪，是她儿时华靡的底。写王娇蕊"穿着的一件曳地的长袍，是最鲜辣的潮湿的绿色，沾着什么就染绿了"。写"她穿着暗紫蓝乔琪纱旗袍，隐隐露出胸口挂的一颗冷艳的金鸡心——仿佛除此之外她也没有别的心"。写孟烟鹂"立在玻璃门边，穿着灰地橙红条子的绸衫，可是给人的第一个印象是笼统的白"。

她擅心理，擅比喻，擅以曲径通幽的方式，揭露人心。她总以旁观的姿态看着说：

说"普通人的一生，再好些也是'桃花扇'，撞破了头，血溅到扇子上，就这上面略加点染成一枝桃花。振保的扇子却还是空白，而且笔酣墨饱，窗明几净，只等他落笔"。

说"风吹着的两片落叶跶啦跶啦仿佛没人穿的破鞋自己走上一程子……这世界上有那么许多人，可是他们不能陪你回家。到了夜深人静,还有无论何时,只要生死关头,深的暗的所在,那时候只能有一个真心爱的妻,或者就是寂寞的"。

说"以后,他每天办完了公回来,坐在双层公共汽车的楼上,车头迎着落日,玻璃上一片光,车子轰轰然朝太阳驰去,朝他的快乐驰去,他的无耻的快乐——怎么不是无耻的?他这女人,吃着旁人的饭,住着旁人的房子,姓着旁人的姓。可是振保的快乐更为快乐,因为觉得不应该"。

说"她抱着他的腰腿号啕大哭。她烫得极其蓬松的头发像一盆火似的冒热气。如同一个含冤的小孩,哭着,不得下台,不知道怎样停止,声嘶力竭,也得继续哭下去,渐渐忘了起初是为什么哭"。

……

《红玫瑰与白玫瑰》里的振保,那个砸不掉他自造的家,他的妻,他的女儿的振保,终于砸碎了他自己。他"改过自新",回归到"好人"的队伍里。

那一个个故事是张爱玲眼中世界原来的样子,她承认着它们,从来不漠视、从来不掩盖。

她的文字,不褒扬人性的美善,不凸显阶级的冲突,无关政治,却直指人性,会割人。二十岁的我,没懂啊。

她笔下的故事啊,旧派的人读来不舒服,新派的人读来不严肃,但她就这么不避"寂寂",就这么一路在她绮丽的回廊里走啊,走,走不出她自己,却终让无数人走了进去,走了进去……慢慢地,我也走近了不惑里……

脸庞，村庄，瓦尔达

认识阿涅斯·瓦尔达是有些迟了，只在昨晚，某瓣的高分促我走进了她2017年的作品《脸庞，村庄》。一位88岁的少女，一个活泼的街头艺术家，一辆有魔力的拍立得卡车，一串发生在法国村庄的小故事，这便是作品的全部，又不是。

人生似一场带着故事找故事的旅行。每一次偶然都是奇迹，每一个脸庞都有故事。不为谈资，不为精准耗时，不为毫无共鸣的作势。

某种程度上，就像林语堂先生所说：导游什么的是不需要的，小贩、童子、驴。当时下的旅行，成一种没落的艺术时，《脸庞，村庄》的遇见着实让我好好感动了一番。

是的，生命里真正感动的瞬间不多，所以珍贵。最后，时间会笑笑告诉你，剩下多少。

三十三岁与八十八岁的组合足够活泼，邮递员、农场主、码头工人、流浪汉……谁都是主角也足够真实。哲学在哪里，在人与人的交谈里；艺术在哪里，在绵绵细长的日子里。他们讨论山羊要不要留角，讨论八百公顷土地农场主是"王"还是"孤独"，讨论什么是眷恋，什么是满足。

农场主的照片立在自己谷仓上时是感动的；祖父母的爱情故事印在老墙上是感动的；码头工人的妻子标杆在集装箱群上是感动的；瓦尔达突然带JR去看望很多年没见的好友是感动的；还有那低保独居老人的梦幻小屋、那用1300个捡来的瓶盖做成的"艺术画"、那温润的话语：

  我有一颗守护我的星辰

  我的母亲是月亮 给了我凉爽

  我的父亲是太阳 给了我温暖

  还有宇宙给了我居所

  这么一想 我是不是拥有很多

  八十八岁的阿瓦达有着厚厚的过去，但直至不久前离世时她生命的鲜活依然清晰地告诉我们每一个人：她从未老去。身体不允许，思想依然驰骋。这个可爱灵魂与三十三岁的JR又有什么区别，是的，在卢浮宫的大画廊里"奔跑"的那一刻，兴许她比JR还年轻。

  没有人能规定生命该是什么样子，"旅行"中忘其身，融其心，唯留本源的朴实与真挚。

  九十岁时你是否还能像个孩子一样捏着一张餐巾纸，告诉身边的人它像马、像青蛙、像恐龙、像兔子……为什么马儿只有三只脚？因为还有一只我还没给做……

  《村庄，脸庞》就是这样，两个人、一辆车，在浪漫的国度一路穿行，没有特别的朋友，谁都可以是朋友。

  人生是很多很多的擦肩而过，但人生，又岂能只是路过……

  致敬瓦尔达，致敬这个有趣的灵魂！不是因为她创造艺术，而是因为，艺术就是她本身。

  在那时我十三岁

  弹一手蹩脚的吉他

  他们驶来勒阿弗尔港口

  他们驶来勒阿弗尔港口

  三艘载着粮食的大船

  苹果、梨、大头菜和卷心菜

  无花果、草莓，还有甜葡萄

疏影

三位女士上前砍价

善良的水手 你的小麦怎么卖

上船来 女一 来看看

有苹果、梨、大头菜和卷心菜

……

（影片插曲由瓦尔达亲唱）

且以清风伴明月

云飞山顶成沧海，云消山色依然在

——蔡浙飞《梦游天姥吟留别》唱段发布之公众号配文

提笔写天姥似乎是极不明智的，只因寻常人再写不出天姥"向天连天"之形，"拔岳掩城"之势。那方盛唐的天空啊，高！不可触。

魏晋的隐，唐宋的寻，千百年来，这方灵秀的山水，从不缺神游、壮游、漫游、遁游之人。剡中天姥这座文化名山也因着时空的积叠更显其重。

登临天姥，云霞明灭实可睹，那高度后人虽不可触，却可唱可读。

读璀璨诗路上五色交辉的锦绣文辞，听张岱笔下"不托丝竹，前启后接"的妙绝声腔，唱越人眼中独有的精神家园永恒故乡。

悠悠唱读人中，越剧"梅花"蔡浙飞就是那最亮眼的一朵。这个从天姥脚下走向广阔世界的新昌囡，身上自亦有这方山水赐予的独特魅力。

火热，是天姥喷涌的日出，也是对蔡蔡三十年来艺术生涯最熨帖的评价。三十年似一日的挥汗如雨是"火热"的，三十年不断精进的艺术造诣是"火热"的，家乡人民与全国各地的粉丝对蔡蔡的爱也是"火热"的，当然，新昌囡对天姥的挚爱亦是这般"火热火热"的。

无数个离开家乡的日子里，一次次蹬跳翻转的练习，每一次台前成功果断的演绎，水袖、圆场、抢背、甩发……山一样立着的是坚韧，是从厚重文化之乡里走出的挺拔的蔡浙飞。

"有峰高出惊涛上，宛然舟楫随波漾"，蔡浙飞是火热，亦是灵动的。

她是牡丹亭畔芍药栏边暗自销魂的柳梦梅；是物是人非青青沈园化不开一世浓愁的陆放翁；是负重忍辱身有大义的周仁；亦是佐助张生许仙王钱俶……一个又一个从蔡蔡内心走出的人物顾盼间似天姥云海般让人不愿移目。瞬息里是情绪，流动的是人生。舞台是交给角色的，妙角儿里装的又定是一个个永远活着的"人"。

"云飞山顶成沧海，云消山色依然在"，变与不变间，艺术的高境总在出神入化里令人仰望。

一声"越人语天姥……一夜飞度镜湖月"，听，她来了……

天姥连天（俞赛琼摄）

且以清风伴明月

生而为人

朋友说,你一女人,读什么哲学!读过不少后发现,这话是极有道理的,但仍是时时读,即便那样会很不"幸福"。

被"失格"一词牵引继而靠近的太宰治,之后又认识了一个新词:无赖派。他国的文学流派里居然还有这样的名,实不如我们彼时的"新月"正经。

怎么个无赖法呢?肯定不是地痞之流吧。百无聊赖吗?似乎有点。官方释义:在社会秩序混乱和价值体系崩溃的日本战后特殊年代,该流派的作品往往带有极度的忧郁和对传统价值的嫌恶之情,并呈现出一种自我嘲讽和否定一切的特征倾向。所以,这里的"无赖"也指反对权威和传统,进行破坏和抗争。

许多人评价《人间失格》里的文字很涩。那是就许多读者而言的不"滑溜",难懂。而我更倾向用"滞"。从主人公叶藏那长在无边黑沼泽的内心来讲,他似乎从来不曾变更过。尽管文字在蜗行,心始终还是留在了最初的位置。

虚无、幻灭,不安,绝望,无边的阴郁之感,文字里都能找到。"丧失做人的资格"是叶藏短暂人生的唯一主题词。他被冰冷的外在世界拒绝着,同时他也拒绝着伪善、粗鄙的外在世界。于是,站在边缘处不断挣扎、撕扯成了他生命的全部。

他说人类的微笑大部分时候是很有技巧的,"不知该说是欠缺生命的重量，还是少了人味，丝毫没有充实感。不像鸟，而像鸟的羽毛，轻盈得犹如一张白纸"。

他说，受人责备或训斥，可能任何人心里都会觉得不是滋味，但"我从人们生气的怒脸中，看出比狮子、鳄鱼、巨龙还要可怕的动物本性。想到这种本性或许也是人类求生的资格之一，我感到无比绝望"。

他说，世上合法的事物反而可怕，那些实际的痛苦，只要有饭吃就能解决的痛苦，也许才是最强烈的痛苦。

是啊，敏感易碎的叶藏读着法国诗人的诗句：

日日同样的事一再反复不息

只需遵照与昨日相同的惯例

若能避开猛烈的狂喜

自然不会有悲矜来袭

心里念叨着：

胆小鬼连幸福都害怕

碰到棉花都会受伤

有时也会被幸福所伤

在他的眼里，能得到救赎的从来都是地狱，而非天国，因为他丝毫不相信有天国的存在。

当他认识到所谓的世人不是人类的复数，而是一个单独个体时，他的自我救赎之路更是崩塌裂尽。他说"自从开始认为'世人就是个人'之后，比起过去，我已稍微能够按照自己的意思行事。……我似乎也隐约明白什么是世人了。它是个人与个人之争，而且是现场之争，只要现场能战胜即可"。只可惜，他从来不想做那样的一个"世人"。

整部作品里最吸引我的还是那两个充满哲学意味的游戏：喜剧名词与悲剧名词；猜反义词。叶藏和堀木的对话是这样的：

香烟，悲剧。药物呢？是药粉还是药丸？注射，悲剧。是吗？

也有荷尔蒙注射呢？不，铁定是悲剧。枕头本身不就是个大悲剧吗？药物和医生可都算是喜剧哦。那么，死呢？喜剧。那么，生是悲剧吧？不，生也是喜剧。漫画家呢？悲剧，悲剧，一个大悲剧名词。原来你就是个大悲剧啊（彼时的叶藏以画些漫画为生）……

黑的反义词是什么？白。白呢？红。红？黑。花，对月？蜜蜂？……花对风。花的反义语应该是举这世上最不像花的东西才对。所以是……等等，是女人对吧？那女人的反义语是什么？内脏。那内脏的反义语呢？牛奶。耻的反义语是？无耻。……罪，法律？罪，善。不对，善的反义语是恶。恶与罪有不同？我认为不同。善恶的概念是人所创造。是人类擅自塑造出的道德语词。罪对的是神？不对，神对的是撒旦。是救赎？苦恼？爱对恨。光明对黑暗。罪与罚？对了，也许陀思妥耶夫斯基眼里罪的反义语就是罚……

这便是两个脑中满是"玻璃碎片"的醉汉讨论的人生。

人的存在有太多的矛盾，剥开本质寻找自我，是跳出躯体审视自身灵魂的清醒旁观。

读到这儿，"无赖"也许就不是颓废至极，而是另一种意义的向上了吧。是一种审视，不是"人间不值得"的放弃。思想观念和价值体系的被吞噬能把"清醒"的个体拆崩入腹，不同的是，这个世界很多早已失去为人资格的"人"还继续活着，那些似乎更有资格的，最后都选择了寂静，这大概便是"死亡"一词和"美学"一词也能握手拥抱的原因吧。

颓文学，丧文化，存在是一座避难的孤岛，还是一把高高举起又向一切落下的利剑？我们又该怎样生而为人呢？

我说，本着悲观主义的实质乐观地活着就是了。

素履之往

七夕，晚饭为八十三岁的外婆持汤添菜，归，书桌一方灯一盏，心、静、悦。

一本《素履之往》四万八千字，断续三个月有余，只因虽为假期事务却奔涌汇集。多了实干少了闲散，不是1的重复，日子倒也算是无有白过。

一场大自然的调序阻碍了众多远行，极光、巨石尖塔至少近两年是不能随性了。看朋友扛着绳索和一群汉子赴贵州探洞，心是有起伏的——骨子里的向往。

门内的时光一多，门外的世界就俊俏。

那日，虽还是工作，却赶早看了场日出。连天天姥的云霞是出了名的，初到半壁观景台，拥抱我们的却是璀璨苍穹。耀眼的天狼，熟识的猎户，W仙后……看的人变了，他们始终在。

庆幸日月星辰于我素来是亲近的，大漠敦煌，雪山祁连，日喀则、德令哈、太姥、天山、额尔齐斯、白哈巴……这些年，一众气象皆成了生命之蕴藏，直至疾风骤雨时给了我强大的修复力量。人，是自然的人，常怀感恩。

生命之开合与自然万物自是契合的，闲时就常跟老友说：日月星辰草木人。多闻草木少识人的人是智者，活在自然里的人是幸者，前者散后者善，皆值得一交。

木心侃，这世上有植物人，也有动物人。最是不要触碰的是那些"想做宗师，急急乎去搜罗一代"的；那些自己有了愚意还找你商量主意的；那些不见得有自我却自我感觉良好的；那些无有恩义以自毁来毁人的；还有那些伪善——恶——再伪善……始终都是恶的……

《素履之往》里还有一段取名"欢送"的，也写得极为惊艳：

一个人（友人），决心堕落，任你怎样规劝勉励，都无用，越说，他越火，越恨你——这样的故事，所遇既多，之后，凡见人（友人）决心堕落，便欢送……

所谓无底深渊，下去，也是"前程万里"。

于此，"欢送"是一种充满哲理的姿态，那是智慧大成的样子，又颇有"一剑倚天寒"之大气概。

人近不惑，见闻所历皆已不少，活得有趣，往有趣里活，识有趣之人。生之后续，素履之往，独行亦愿也。

从前慢

记得早先少年时 / 大家诚诚恳恳 / 说一句 / 是一句
清早上火车站 / 长街黑暗无行人 / 卖豆浆的小店冒着热气
从前的日色变得慢 / 车 / 马 / 邮件都慢 / 一生只够爱一个人
从前的锁也好看 / 钥匙精美有样子 / 你锁了 / 人家就懂了

  自打木心先生的小诗被谱成曲登上"好声音"的舞台后,歌手年代感实足的音色加上钢琴小提琴的极尽缠绵,再融合简单的诗句里营造的浓浓意境,一时间一曲《从前慢》就犹如一块巨石投进了每个人的心里,引起了强烈的震颤。社会经济飞速发展的今天,一个"慢"字似乎戳中了所有人的痛点,人们纷纷停下脚步审视因"快"而丢失的种种美好,直至演变为一场集体的悼念……

  正如歌词里所说的,那时的人朴实,人与人之间透着温暖与信任;那时的人专注,打造一个精美的物件与呵护一个心爱的人儿是一样的,倾注的都是一辈子的深情。看着诗里提到的"精美物件"四个字不禁让我联想起了早先读过的一篇关于林清玄家装修新宅的文章。因为喜欢光线透过窗花给人的迷离美感,他特意到古董家具店买了一些清朝的门窗,请木工把窗花的部分拆下来,镶嵌在他新家的门窗上。于是便有了他关于窗子的一番思考。

  文中说:"从前的木匠到大户人家做装潢,往往一住就是两三年。如果是到寺庙,一住二三十年也是常有的事。他们花费青春、岁月与心力，选用最好的木材，用最细腻的方法，就是要做出最好的家具，并且传诸久远。因为古代的人盖房子、做门窗，都是为子孙来思考的，他们的眼光、用心，至少在百年以上。而现代人很少在同一个房子住十年以上，何况是对待一扇窗呢。"思及此，又想到那文中的木匠师傅算的一笔账："做一个镶满窗花的窗子，至少要花一个半月的时间。以一天工资三千元来算，加上材料，一个窗至少要卖十五万元（折合人民币近三万元），有谁在装潢时，愿意让工匠花一个半月，只做一扇窗呢？所以，在时间上，我不能做；在用心上，我不愿意做。"是啊，正如作者所说，很多时候现代的工匠不是没有古代工匠那样的手艺，只是没有了古人的时空和心情。如此看来，一个时代有一个时代所适配的"慢"，脱离社会生活的"慢"也终归是不太现实，也不太容易实现的。

尽管在提到效率和利益的合理性时普通人都会摒弃所谓的"花钱做窗"之举，因为那是这个时代所不易复制的一种"慢"，但聪慧的人自然明白，文中提到的工匠们对待手艺的那份专注和用心却是我们所能沿袭的，这种"慢"也应当被延续。

环顾现下，当一个又一个的人被现代社会的浮躁气息裹挟着只顾埋头赶路时，自我、本真，这种东西就很容易被忽略，甚至丢失。很多时候人会迷失在一己私欲里，也能幡然醒悟在一念间，快慢间如何"取舍"便终成了一个长久的难题。

前不久，在网上又出现了一则博人眼球的新闻：一对夫妻，放弃优越的城里生活，辞去丰厚薪资的工作，身着棉麻，到某山隐居，前山耕作、后山采药，与世无争，自得其乐什么的，再然后就是一阵转发和跟帖，一阵地羡慕嫉妒恨。可过后却又总会陷入不是土豪无法效仿，况你向往某山，某山还不一定向往你的一番争吵中。且不论这里面的事实与写手的炒作成分孰多孰少，仔细想想，先不说那样子的"隐居"是否就等于"慢"，即使是，这样的生活也未必如我们想象般"美好"。纵观史书，虽有性本爱丘山的闲云之隐；

但更多的是江湖（官场等现实）失意的遗憾之隐；躲避祸乱的无奈之隐；期待明主的权宜之隐。无论哪一种隐居背后所显现出来的"慢"的表象其实都有其纠结之处，远没有我们想得那么简单！

谁说在山野找间茅屋，种点小菜，再营造个青灯黄卷的样子出来就一定能叫"慢"了？摆着茶具未必懂茶，柴米油盐又未必不雅。真正的"慢"不在于"形式"，而在乎"人"，在乎"人心"。可以为一段动人的音律循环千遍，知道在劳作案头时偶尔抬头看看天。人生在世，所谓的"慢"，不是一个形式上的结果，而是一个漫长的过程，一个想活出点滋味的人从容修心的过程。

从前也好，现在也罢，有人一辈子只干一件自己喜欢的事，有人努力把不喜欢的事慢慢干成自己喜欢的样子，有人在闹市一隅专注地著书作画，有人在纷乱的格局中从容应答。这样看来，任何一种"慢"都是来之不易的。那是一种洞悉世事后的睿智与豁达，更是一种明晰自我后的成长与强大。

南山（何朝明摄）

"狐"说三生三世

　　有一段时间了，三生三世、十里桃花、素素、浅浅这样的词几乎淹没一方世界。其宣传方式的霸道完全可以用"无孔不入"来形容，纵使你再怎么灵活闪躲也只能被乖乖砸中。

　　狂欢最甚处首推朋友圈，什么看到受伤的小蛇要不要捡，万一是夜华呢？什么终于明白之前为什么吃那么多苦受那么多罪，都是在历劫呢！更有那一干迷妹一次又一次拿"高颜值"剧照刷屏。这也难怪，养眼的皮囊谁又会不爱呢？但"美"除了可以是"大众共识"，终究也还是有"因人而异"一说的。吾虽亦爱"美"，但终因对女主存在某些偏见愣是奇迹般地躲过了那一次次的炮轰，单纯地活了下来。

　　直到很久以后的某一天，许是嫌单纯干家务无聊，小女子终究也还是"沦陷"了。发挥科技优势用小段快进、大段快进的方式了解了来龙去脉，留下最深的两个印象是：男女主角的演技果然还是无可避免会让人跳戏。其次，就是传说中的"深爱"似乎来得太过突然。让一棵万年铁树开花的竟是一个"一无是处"硬要与一条小蛇合衾共寝的凡人女子。是因为她的"善"？她的"白"？还是她的"浅"？

　　总之，男主汹涌的爱意是有些让人莫名其妙的。至于那反派一反到底，终审大快人心，个别人物个性前后不统一什么的就因画面养眼忽略不计了。最大的观后之症是"东皇钟""四海八荒""千秋大业"这样的词频现。

2500年前，佛教有释迦牟尼菩提树下顿悟空道。如今剧中亦有那紫府少阳东华君为这天地绵长而决绝一身（尽管这与我原先对东王公那被作为西王母的对偶神创出来的身世认知大相径庭）。

人类啊，收回意识可以感受脉动与呼吸。撒开意识，便是宇宙洪荒天文地理，哪还有"个体"？说穿了，这存在与否，是与不是皆都缘起"一念"。

佛早就说过，山河大地，本是微尘所聚，人类的以尘谋尘虽是可笑，然一念起，最大的区别就在于：

向善向美向真向众谓之"信"，

向恶向丑向假向私则谓之"执"。

凡人的奋斗史是一部不断认识自我、认识自然的过程。站上云端所视之物与匍匐大地所视之物本没有什么分别，但却仍能给人们带来太多的意外和惊喜。很多时候，凡人的缺陷也是诞生快乐的本质所在。一个见证了无数遍沧海桑田还屹立着的生命与一个只有短短数十载就烟消云散却还辛勤耕耘的生命，谁又能说是哪个更好些呢？

若拿美国电影《超体》中女主角露西大脑开发率100%的强大与人类发现自己的渺小后（人类的眼睛无法在一秒的时间内有效的识别24张画面），让24幅画在一秒钟内从眼前闪过，从此发现"动画"奥秘的快乐相比，谁又能说是哪个更好些呢？

像这样，这部以桃花命名的片子终究会如地球老儿衣袖上不小心溅到的一小滴水，不用轻挥也就散了。所谓的经典未被认可之前尚还堆在谁的角落，更何况那许多是否经典都还未必成说的呢？

罢了，罢了，悦己便好。如此半夜胡言，历完此劫的我估摸着也是可以飞升上仙飞升上神了的。然"仙"也好，"神"也罢，左不过还是人字旁，示字边呐！

有一种大过生命的东西叫"爱情"

  这便是人生：即便使出浑身解数，结果也由天定。有些人还未下台，已经累垮了；有些人巴望闭幕，无端拥有过分的余地。这便是爱情：大概一千万人之中，才有一双梁祝，才可以化蝶。其他的只化为蛾、蟑螂、蚊子、苍蝇、金龟子……
——李碧华

  车载系统里单曲循环《胭脂扣》已有多日。我喜欢张国荣的版本，不用整首，单听第一句"誓言"两字，心就已像靠近黑洞的飞船般再无逃离的可能。那浓的化不开的醇厚嗓音里，住着的是一个算得上痴情的"陈十二少"。

  陈十二少，大名陈振邦，南北行纨绔子弟，锦衣玉食。

  如花，香港石塘咀红牌妓女，风韵独佳。

  身份一亮结局注定，十二少送给如花的花牌"如梦如幻月，若即若离花"，既是十二少眼中的如花，也是世人眼里的"如花和十二少"。

  如花的爱强烈，急需肯定。在那样的境地下对爱情仍有无限憧憬的，大多都被世人称为"奇女子"。

  十二少的爱真实，为了如花离家、学戏，懦弱中挣扎，大烟中迷离，虽看着心爱的女人赚钱维系生活，但终是比杜十娘相中的李甲好过太多。

这样的两人，正如歌词第一段中所唱：尽管"情像火灼般热"，"费尽千般心思"，可还是无法"烧一生一世"，因为现实告诉两人"延续不容易"。

坚强的弱女子如花是爱得不放心的。因为不放心，所以相约吞鸦片赴死前还给十二少喂下了安眠药；因为不放心，所以等不到十二少的53年后还用来世的7年阳寿换阳间的7天之行；因为不放心，所以找到穷困潦倒的"十二少"时不问"为何等不到"只问"可还记得那对双飞燕"。

同名歌曲《胭脂扣》梅姑的唱词里有一句："负情是你的名字"，到了"哥哥"的版本里就成了"负情是我的名字"。在我看来，生有生的挂念，死有死的期盼，都付真心，没有对错。一枚胭脂扣，阴阳两厢人。三分真实七分醉，梦醒千行泪。有的只是凡人都会有的"愿那天未曾遇""问哪天会重遇"的纠结和男女主角"戏与人生都不尽人意"的深深遗憾。

凡人缺永远，并肩天地宽。可以用"风华绝代"来形容的唯一男子张国荣走了，留下的声和影还是百触不厌。

感慨人类创造的爱情极致里，千年蛇道的白素贞栽在了凡人许仙的手里，凡人梁祝为了在一起又一头栽进了昆虫的世界里，女鬼如花五十三年的等待只为证明自己曾在别人的心头住过，迷失在自己编织的"执念"里的她跨越时空等的也不是"十二少"，而是一种大过生命大过一切的东西叫"爱情"。

且以清风伴明月

遇 见

为什么不选A？因为A是错的！为什么不选B？因为B是错的！为什么不选C？因为C是错的，SO……，可是，很多时候没有选过又怎会知道是错的呢？

以青春为底编织的电影很多，尽管未成熟的杏儿咬一口满嘴掉牙的涩，却还是吃出了终身难忘的幸会、幸运和幸福，遇见《遇见你真好》是在已然知道A、B、C是错的时候，它就是频道里的那个D。

文生的世界里女孩儿叫珊妮，"欣喜即将重逢"是故事的结局也是文生小说里的开始。那种想见而不得见的无力，就像几年前我写过的如花与陈十二少；就像那些天我听着齐豫的《今世》想着三毛与荷西，更想着那位低唱深吟的西北歌王王洛宾；又似乎还像极了近日里翻看的芸娘与梅逸，真正一本厚厚又薄薄的《浮生记》。

浮生若梦，为欢几何？太白之语似有无奈的剑气，而电影青涩里捡起的和苏州冷摊上捡起的都不过一个"真"字。

许多人把《红楼梦》与《浮生六记》并提，说前者是锦缎上设色，绫罗细纹，后者是布帛上浸染，长卷水墨。开合来了接着，浮沉难料受着，待时间落地，一切若有所依又皆飘忽无依。最是那痛失芸娘一段读来屡屡潸然：

芸娘呜咽"人生百年，终归一死。今中道相离，忽焉长别，不能终奉箕帚……此心耿耿……"

执余手更欲有言,仅断续叠言'来世'二字,忽发喘……千呼万唤,已不能言。当是时,孤灯一盏,举目无亲,两手空拳,寸心欲碎。绵绵此恨,曷其有极!

自此,暖粥小菜,双卤双鲜,那笑声里的"情之所钟,虽丑不嫌",那"远君子,近小人"的袭香调侃,那春日里的欢聚夏日里的烹泉,一笔一笔,再过不去!

市井之美在烟火,在真。闺情、闲趣、愁心、浪游,寻常里见寸心。喜欢周公度版的那句"苏州点心就是如此,粽子加肉,玫瑰和猪油,蔗糖加芝麻,情形宛如美人穿过菜市场去买发簪脂粉"。

春日萌动,偏又旧雨绵绵,窗外碌碌,室内庸庸,不去想一路走来散了多少,留下的,皆为重要。

"世界是物质的,物质是运动的,运动是有规律的……否命题不一定为真,原命题为真的逆否命题……A-B-R-O-A-D,Abroad……初极狭,才通人,复行数十步,豁然开朗,土地平旷,屋舍俨然……"这是青春的遇见与燎原。

且以清风伴明月

我在踏雪九里，等你

——展兄民宿小住有记·2022.10.18

"踏雪九里"是主人用一张张生动的照片在我眼前一点一点"攒"起来的。没错。一根横梁、一面土墙、一块溪石、一扇顶窗……庭前树，院中池，小方凳，长台阶……直到某天，雪日里燃起了一炉红火，暖暖。

当以"千"计的日子终于有了句点，我也实实分享到了亲历者溢出屏幕的大欢喜。

故事中的主人姓"展"，是二十多年前的事了。20世纪90年代中期《包青天》《七侠五义》盛行，街头小巷，何家劲、焦恩俊饰演的展昭深入人心，十来岁的半大孩童更是疯狂。好不容易有个同学名中带"展"，怎不"先叫为快"？就差学电视里的样子见面行抱拳之礼了。如此，那个姓张名展的同学便成了大家口中一叫一生的展昭——展护卫。

记忆中的"展护卫"性情温和，遇人腼腆，对着大伙儿的高频调侃，起先还费力地争辩一番，最终"不敌众人"，带着几丝无奈笑意踏上了漫漫"大侠"之路。

如原野上种子四散后，似乎再无刻意联系，有消息说他在武汉学建筑，后有了微信朋友圈，便看着展兄辗转南北，一路奔走，终于有一天，他说，我带着妻儿回乡筑梦了，我说：好。

年少之情，后能续之者不多，展兄便是为数不多者其一。阔别再见，对物之审美能有相通，对所鉴之艺能有共鸣，实属不易。

旷野、山花、溪鸣、泉跃，展兄把他梦中的原乡安在了青绿深处，那个将村子定名为踏雪的先人，不知是否想过多年以后，会有这样一位远道而来的少年在九里之外续下一段情缘……

"一定要来呀。"展兄和他的作品已唤我多次，季秋时节，我终于盘旋在了斑斓的山道上，路尽屋现，踏雪九里就在群山的怀抱里温柔相见。

延依势而上的石阶，轻启小院的栅栏，多日不见的展兄笑意相迎，还是那样的话语不多，但眼前的一切似乎都在诉说，温馨善意的暖黄主色，俯仰即景的空间层次，错落点缀的精致物件，一桌一椅，一碗一碟、清泉绿茶、壁炉地暖，无一处不匠心。

我在这个叫家的地方，也第一次见到了热情能干、里外一把手的籽彤（展兄的夫人）。大方的籽彤与展兄的性格可为互补，我们一见如故。

"你叫什么名字？""星辰！"这个叫星辰的10岁男孩就是这里的小主人了。"我知道哪里是螃蟹的家园，哪里是蝾螈的王国；铁线虫又把螳螂带水里了；绿色的刺毛虫毛上有毒……我带你去看我养的小鸡呀；我们一起做陶泥吧……"一会儿窝在书架一隅安静看书，一会儿在院中泳池边撒欢的生命是最活泼的，是呢，又有谁会不喜欢这般的活泼泼呢？

"我带你去原始森林吧，要经过一个芦苇地。"

"如果这鹅有5吨重，我坐在他背上就威风了！"

"是爸爸先对妈妈说的，做我女朋友吧。"

"我要在学校运动会的时候带火锅去吃，因为运动会时没人管，还要邀请我的好朋友们一起。"

"火锅？！"于是，我的脑海里有了一群孩子在热闹运动场一角围吃火锅的画面，既而扶额狂笑，这画面还真"曲水流觞"呢，太过经典！

夜是循着星仔的摇滚歌单飘进屋子的，星仔还喜欢我们那个年代的歌。

当那一盏盏缀满世间温情的灯点亮每一个角落，茶山的鸣虫唤起每一个曾经年少的梦。那梦里有自由与不自由的抉择勇毅，有家人携手并肩的不离不弃，最后，才有那踏雪九里的诗意。

聂兄说"那位掩不住仆仆风尘的中年白发男，你要去向哪里？"我想答案早在他心里，少侠住心里。

来吧，来踏雪九里，在一方静谧里酿最醇的你。

天　心

　　2021年的一个雨天，车上电台里播着一首气口绵密誓要拱头前行的曲子，辨不清歌词，只依稀听得"黑马白马战马去马"地厮杀着。很久之后，我才知晓歌名——孤勇者。

　　之后的之后，曲子的传唱度一路走高，甚而风靡各个小学。细想，80后、90后唱的许是Eason，10后关切更多的则是强势推进的排比、短句和那副歌部分带劲的鼓点。

　　细读歌词是在一场家庭K歌会上，熟悉的旋律响起：
为何孤独不可光荣
人只有不完美　值得歌颂
谁说污泥满身的不算英雄

爱你孤身走暗巷
爱你不跪的模样
爱你对峙过绝望　不肯哭一场
爱你破烂的衣裳　却敢堵命运的枪
爱你和我那么像　缺口都一样

去吗？配吗？这褴褛的披风
战吗？战啊！以最卑微的梦
致那黑夜中的呜咽与怒吼

谁说站在光里的才算英雄

"暗巷""破烂""不跪""绝望"

"黑夜""卑微""缺口""命运"

我说，这一定是个有故事的填词者。无有亲历生命的撕裂，涌不出这样的满弓情绪。

再然后，我就"见"到了那个叫唐恬的女孩。

1983年出生的姑娘，像很多人一样打拼，像很多人一样孤身在外，像很多人一样的对未来有满心期待……在而立之年，命运却安排她直面了一场生死。

当七岁的孩子在身边开心地唱"谈爱恨不能潦草／红尘烧啊烧"时，是旋律里的一丝豪迈让他们有所觉察，那串汉字背后的深意自是全然不知的。从喜欢副歌到喜欢一首歌的主歌，我不知道我是何时转身的。是《胭脂扣》里哥哥的那句"誓言都幻作烟云字"，是《人生何处不相逢》里那句"随浪随风飘荡／随着一生的浪"，还是《一念之间》里的"谁面前一片云里雾里的山／推开门 我是看风景的人"……

那些故事的推进、情节的表述，都在岁月的磨盘里碾成了末，化为了尘，但从古吹到今的风知道，它们，的确来过。

那个人世间的孤勇者，从"草木会发芽／孩子会长大"写到了"命运的站台／悲欢离合都是刹那"，从"而我将爱你所爱的人间"写到了"愿不枉／愿勇往／这盛世每一天"，在无数个自赎的字眼里我们拼凑出一个倔强的生命，而在传唱过无数个倔强的生命之后，我们也终将会寻到抵达自我的妙门。

在尚且澄澈的自留地里给这个明月清风般的生命一个祝福吧，那个早就存在我歌单里的词，叫《如愿》。那句留给自己的话，叫"雷霆与雨露，一样是天心"。那是回首，平和而正大；那是向前，坚定且温暖。

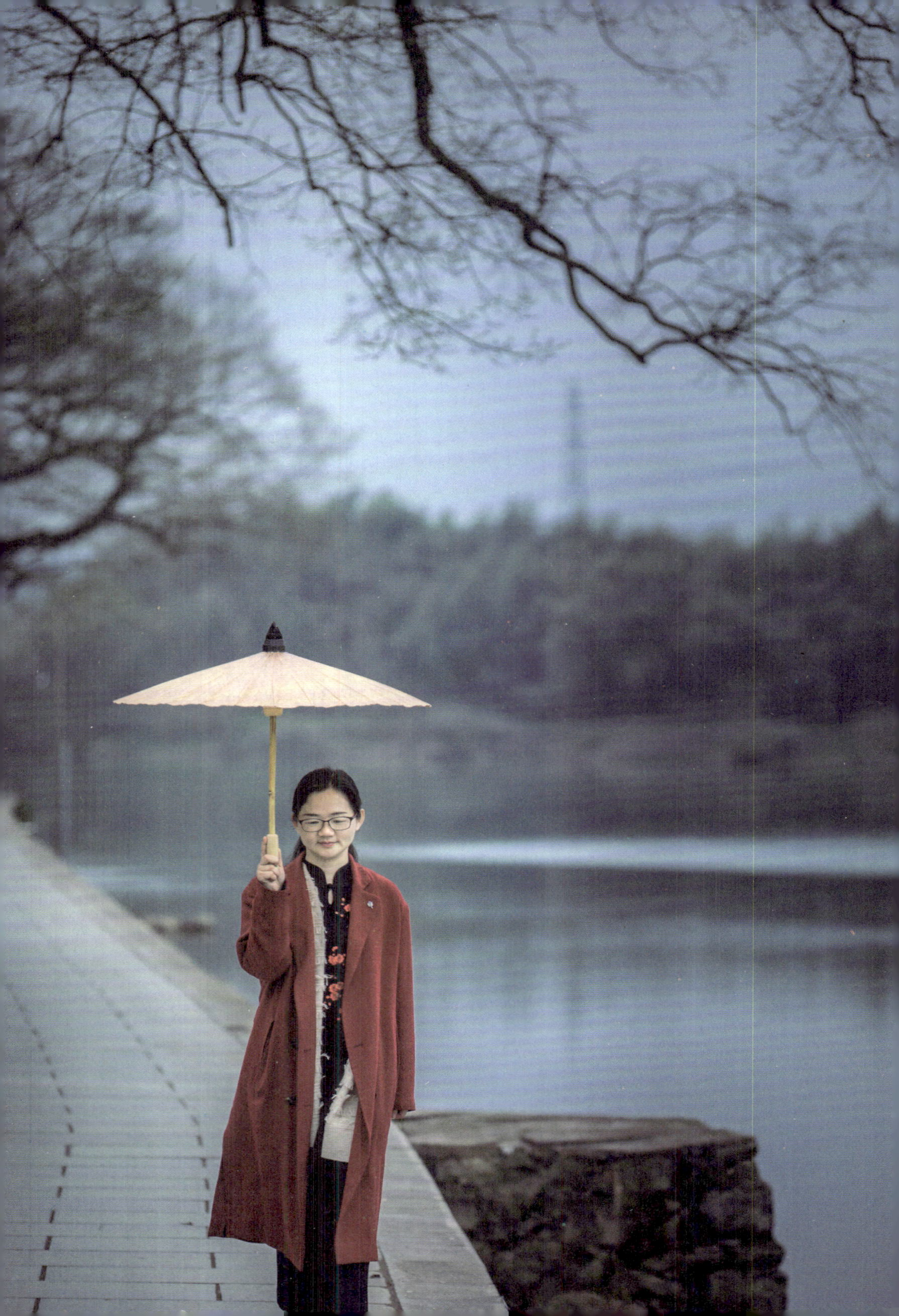

后记

文字，大抵都是写给自己的，那些想要给自己留下点什么或者想要留下点什么给世人的，都是。